Krudelis

정령의
펜던트

발렌 판타지 장편소설

ORIGINAL FANTASY STORY & ADVENTURE

dream
books
드림북스

정령의 펜던트 15 천족이라고?

초판 1쇄 인쇄 2021년 8월 9일
초판 1쇄 발행 2021년 8월 23일

지은이 발렌
발행인 오영배
편집 편집부
일러스트 보살
표지 · 본문 디자인 오정인
제작 조하늬

펴낸 곳 (주)삼양출판사 · 드림북스
주소 서울시 강북구 도봉로 173
대표 전화 02-980-2112 **팩스** 02-983-0660
편집부 전화 02-987-9393 **팩스** 02-980-2115
블로그 blog.naver.com/dreambookss
출판등록 1999년 3월 11일 제9-00046호

ISBN 979-11-283-9862-9 (04810) / 979-11-283-9513-0 (세트)

드림북스는 (주)삼양출판사의 판타지 · 무협 문학 브랜드입니다.

15

발렌 판타지 장편소설

ORIGINAL FANTASY STORY & ADVENTURE

천족이라고?

정령의 펜던트

dream
books
드림북스

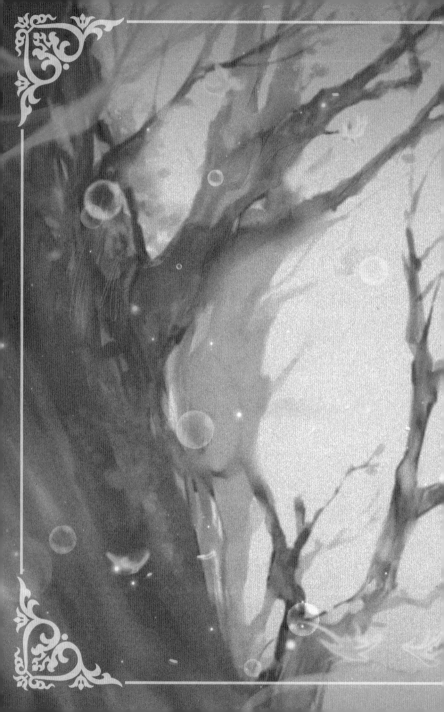

목차

Chapter 1.
감찰 대신

1.

"역시."

남자는 웃는 게 버릇인 모양이었다. 바율이 가면을 벗자 마치 예상이라도 했다는 듯 팔짱을 낀 채로 킥킥거렸다.

그는 이런 상황에서도 여유가 넘쳤다. 들통난 신분에 얼어 붙어 있는 다른 사람들과는 무언가 달라도 확연히 달랐다.

그만큼 자신의 배경에 자신이 있다는 걸까?

'아니. 아니야.'

바율은 스스로의 의문에 바로 고개를 저었다. 가면이 사 라지고 드러난 카셀의 얼굴에서 보이는 건, 정상인과는 다 른 무엇이었다.

그는 빼어난 미색으로 황제를 사로잡고, 여전히 사교계의 여왕으로 군림하고 있는 카트린느의 오라비답게 대단한 외모를 자랑했다.

큰 키에 균형 잡힌 몸매, 폭포수처럼 허리를 덮고 있는 부드러운 검은 머리칼. 그와 대비되듯 하얀 피부는 백옥처럼 고왔고, 높디높은 콧날에 입술은 피를 머금은 듯 붉었다.

그에게서 가장 인상적인 건 살짝 휘어진 아몬드 형태의 눈이었다. 표정은 분명 웃고 있지만, 차가운 냉기가 서린 듯한 회색빛 눈동자.

바율은 그 눈에서 시선을 뗄 수가 없었다. 무어라 정의할 수 없는 것이 그 속에 담겨 있었기 때문이다.

'뭐지?'

단언하건대 이제껏 살면서 한 번도 보지 못한 눈빛이었다. 낯선 느낌에 바율이 미간을 찌푸리는데, 카셀이 웃으며 말했다.

"놀랍군. 대 란데르트 공작가의 후계자님께서 이런 쪽으로 관심이 있을 줄이야."

"……?"

"역시 사람은 까 봐야 안다더니, 의외로 취향이 독특한가 봐?"

"…오해가 지나치시군요."

바율이 조금 전 무슨 짓을 벌였는지는 카셀뿐 아니라 여기 있는 자 중 모르는 이가 없었다. 그들의 발목을 잡고 가면을 벗긴 건 다름 아닌 바율이었다.

그것이 무엇을 뜻하겠는가. 처음부터 바율은 노예를 사러 온 게 아니라, 이들을 심판하러 온 것이었다.

카셀의 말마따나 오늘 모인 이들은 재수 없게 딱 걸린 셈이다. 잠시 바율과 카셀의 정체에 아연실색해 있던 자들이 눈앞에 닥친 현실을 자각하며 부르르 몸을 떨었다.

"오해라."

카셀이 팔짱을 풀더니 길고 가느다란 손가락으로 자신의 관자놀이를 톡톡 쳤다. 그러던 그가 서늘한 눈빛으로 어딘가를 바라보았다.

"그럼 저건 뭐려나?"

그가 가리킨 건 붉은 드레스의 소녀였다. 바율이 천만 쿠나를 부르며 경매에서 낙찰받은.

라나사가 천을 풀어 주기라도 한 듯, 소녀는 더 이상 눈을 가리고 있지 않았다. 그녀는 사람들의 시선이 자신을 향해 쏟아지자 겁에 질려서는 창백하게 질린 얼굴로 몸서리를 쳐 댔다.

"괜찮아, 아실. 내가 있잖아."

라나사가 소녀의 잡은 손을 끌어 자신의 뒤로 숨겼다. 이런 곳과는 어울리지 않는 앳된 소녀의 존재를 그제야 알아차리고 사람들이 수군거렸다.

아실이란 소녀를 사기 위해 카셀과 마지막 접전을 벌였던 당사자가 그녀라는 건 굳이 묻지 않아도 다들 알 수 있었다.

바율과 라나사의 눈이 허공에서 마주쳤다. 서로 궁금한 게 많았지만, 지금은 그럴 때가 아니기에 잠시 나중으로 미뤘다.

"그저 끝내고 싶었다고 해 두죠."

"…끝?"

"네, 계속 보고 있자니 역겨워서 더는 참기가 힘들더군요. 인간의 탈을 쓴 추악한 짐승들의 내면을 보았다면, 대답이 되겠습니까?"

"뭐, 완전히 납득은 안 가지만 대충 무슨 의미인지는 알겠군."

눈썹을 위로 한 번 올렸다 내리며 카셀이 순순히 고개를 끄덕였다.

"그럼 이제 제가 물을 차례인가요?"

"내가 왜 여기 있는지, 왜 저 소녀를 사려고 했는지. 그게 궁금한가?"

바율은 말없이 그를 응시했다. 어디 변명을 해 볼 테면 해 보라는 듯이.

"훗, 나에 대한 반감이 상당하군. 재밌어. 이런 기분 꽤 오랜만이야."

카셀은 피식거리며 어깨를 으쓱였다. 뭐가 재미있다는 건지는 모르겠지만, 차갑기만 하던 그의 회색 눈동자에 실제로 웃음기가 어렸다. 그는 약간 흥분한 것 같기도 했다.

"그리고 공교롭게도, 나의 목적도 너와 같아."

"…그게 무슨 뜻입니까?"

"여기, 망가뜨리려고 온 거 아니었나?"

바율의 눈꼬리가 새초롬하게 올라갔다. 당최 그가 무슨 말을 하는지 이해할 수가 없었다.

"아, 생각해 보니 아주 같지는 않군. 나는 아직 비밀 작업 중이었거든. 한마디로, 지금은 내 정체를 드러낼 때가 아니었다는 거지."

"……?"

"근데 그걸 네가 다 망쳐 버렸네? 이걸 어떻게 보상받아야 할까?"

카셀이 정말 모르겠다는 듯 고개를 갸웃거리며 묻자 그의 긴 머리칼이 허리춤에서 찰랑였다. 예상과는 전혀 다른 반응에 바율은 일순 뇌가 정지하는 듯한 느낌을 받았다.

내가 망쳐?

보상은 또 무슨 소리지?

"이언 경."

별안간 카셀이 이언을 불렀다.

"나에 대한 그대의 소개가 조금 부족했던 감이 없지 않아 있는 것 같은데, 란데르트 백작을 위해서 더 설명해 주지 않겠나?"

카셀의 정체가 드러난 순간 이언이 말한 건 그가 황제의 처남이라는 사실뿐이었다. 그것 말고 뭐가 더 있는 건가?

바율이 고개를 돌리자 이언이 어이없다는 듯 한숨을 짓는 게 보였다. 그 한숨의 의미는 어리둥절한 바율과 달리, 그는 카셀의 말을 제대로 이해하고 있다는 뜻이었다.

바율이 설명을 바라는 눈빛을 하자 이언이 포기라도 한 듯 툭 내뱉었다.

"감찰 대신. 몇 해 전 폐하께서 직접 임명하신 감찰원의 수장이십니다."

"…감찰이라고요?"

바율에게서 갈라진 음성이 새어 나왔다. 머릿속으로 번갯불이 번쩍하며 그제야 비로소 상대의 말이 이해가 되었다.

그러니까 카셀의 말인즉슨 그 역시 바율처럼 이곳에 노

예를 사러 온 것이 아니고, 감찰 대신으로서 조사하러 나왔
다는 얘기였다.

심지어 이른바 '비밀 수행' 중이었는데, 바율의 행동으
로 정체가 탄로 나는 바람에 일이 수포로 돌아가게 되었다
는 말을 하고 있었다.

"무려 일 년 반을 넘게 공들였건만, 또 놓치게 생겼군."

바율을 뚫어지게 쳐다보며 대꾸하는 그의 표정은 말투와
달리 심상하기만 했다.

"이제 대답이 좀 되었나?"

"…제가 믿기 어렵다면요. 증명하실 수 있으십니까?"

"증명? 훗."

그가 또 웃었다.

"그러는 너는? 넌 증명할 수 있고?"

"전 제 영지민을 잡아간 노예 사냥꾼을 쫓아 여기까지
왔습니다. 증언을 원하신다면 제 영지로 찾아오시죠. 그들
이 말해 줄 겁니다. 게다가 저는 당신들의 가면을 벗기고,
제 가면 역시 스스로 벗었습니다. 더 말해야 합니까?"

"아니. 충분한 것 같군."

잠시 잊었다는 듯 카셀이 조금 전처럼 관자놀이를 톡톡
내리쳤다.

"그런 난 어찌 증명해야 한까나. 그간 조사한 내용은 저

은 서류라도 보여 줘야 하나? 한데 그건 조금 곤란해. 말했다시피 비밀 작업 중이었거든. 감찰이라는 게 원래 남들 모르게 해야 하는 것투성이라서."

신분이 노출되고도 자신만만했던 이유가 이것이었나 보다. 그가 감찰 대신이라는 게 바율은 새삼 기가 찼다.

"날 정 못 믿겠으면 폐하께 직접 여쭤보든지."

카셀은 씩 미소를 지으며 자신의 당당함을 다시 한번 피력했다.

'거짓말.'

바율은 믿지 않았다. 말로는 계속 본인의 떳떳함을 주장하고 있지만, 그의 헤아릴 수 없는 눈빛은 계속해서 바율에게 찝찝함을 안겨 주었다.

더욱이 바율의 착각이 아니라면, 그는 자신의 말보다 자신의 그 눈빛을 믿어 주길 더 바라는 듯했다.

왜지?

날 놀리고 싶은 건가?

보통의 사람이라면 백이면 백, 그 반대일 게 분명하다.

어딘지 정상에서 한참 벗어난 듯한 모습.

그를 보고 있자니 바율은 마음 한구석이 서늘한 느낌을 지울 수가 없었다.

그렇게 얼마나 있었을까.

서로를 말없이 노려보고만 있던 어느 순간, 느닷없이 카셀이 주문 같은 것을 외우기 시작했다.

"움직이는 모든 것에게 뜨거움을 선사하리라. 파이어 애로우."

화악!

그의 말이 끝나자마자였다. 순식간에 허공에 수십 개의 불화살이 생겨났다. 화살에서 뿜어지는 열기가 어찌나 뜨거운지, 머리칼이 타들어 갈 것만 같았다.

하나 지금은 그런 뜨거움 따위가 문제가 아니었다. 난데없이 불화살을 만들어 낸 게 바율도, 스피넬도 아닌, 카셀이라는 점이었다.

"…마법사였습니까?"

진심으로 깜짝 놀란 바율은 저도 모르게 그렇게 묻고 있었다.

"뭘 그리 놀라고 그래. 정령사인 네게 이쯤은 아무것도 아니지 않나?"

조금 전 바율이 만들어 낸 불기둥을 이미 본 바가 있었다. 카셀이 시큰둥한 표정을 짓더니, 사람들에게 경고했다.

"다들 한 발자국도 움직이지 마라. 만일 도망치는 자가 있다면 신분의 고하를 막론하고 비로 치겠히겠다."

바율과 카셀이 실랑이를 하는 사이 슬그머니 몸을 피하려던 자들이 동시에 제자리에 멈춰 섰다. 이미 얼굴이 드러났지만, 이 자리만 모면하면 어떻게든 방도를 찾을 수 있었다. 대부분이 그럴 만한 돈과 힘이 있는 자들이었다.

"에잇!"

"막아 내!"

쥐도 궁지에 몰리면 고양이를 문다고 하질 않던가. 두려움에 떨던 자들이 에라 모르겠다는 심정으로 밖을 향해 뛰기 시작했다.

쇄애액—

"끄아악!"

가장 먼저 출구에 다다랐던 사내의 등에 불화살이 명중했다. 사내가 사지를 뒤틀며 바닥을 굴렀다. 고통에 몸부림을 치는 그의 전신은 이미 불로 활활 타오르고 있었다.

"경고를 영 들어 먹지 않는군. 귀찮게."

카셀의 어조는 무심하리만치 평온했다. 도망치려던 자들의 발이 땅에 붙기라도 한 듯 굳은 것은 너무도 당연했다.

실내는 정적에 휩싸였다. 성대가 타 버린 듯, 언제부턴가 소리조차 없이 꿈틀대기만 하던 사내가 더 이상 움직이지 않았다. 탄내가 진동했다.

"우읍!"

끔찍한 광경에 누군가 토악질을 해 댔다.

"움직이지 말라니까."

카셀의 이마에 짜증스러운 주름이 생겼다.

"이런 더러운 꼴까지 봐야 한다니, 정말이지 감찰 대신 이라는 일도 참 괴롭군."

쐐애액—

그에게 자비란 없었다. 불화살이 다시 한번 쏘아졌다.

쑤아앙!

또 한 명의 희생자가 나오려던 찰나, 실내에 별안간 강풍이 몰아쳤다. 그 바람을 이기지 못하고 사람들이 너도나도 흔들렸다.

구토를 하던 사내에게 날아가던 불화살은 물론, 허공을 채우고 있던 수십 개의 불화살 역시 전부 바람에 의해 사라졌다.

카셀의 회색 눈동자가 부릅떠졌다.

그는 제국뿐 아니라 대륙 전체를 통틀어서 손에 꼽는 대마법사였다. 그런 그의 불화살은 한낱 바람 따위로 쉽게 없앨 수 있는 것이 아니었다.

바율이 정령사란 사실을 이미 알고 있는 그이지만, 이렇듯 허무하게 자신의 마법을 해제할 정도라고는 생각하지 못했디.

꿀꺽.

카셀은 처음으로 위기감을 느끼며 침을 삼켰다. 여유롭던 웃음기도 사라진 지 오래였다.

"그쯤 하시죠."

바율의 서릿발 같은 음성이 그의 고막을 파고들었다.

아무리 용서할 수 없는 자들이라고는 하나, 함부로 목숨을 취해선 안 되는 것 또한 명백한 사실이었다. 사내는 그저 역겨움을 이기지 못해 구역질을 했을 뿐이다. 그걸 움직이지 말라는 명에 저항했다고 보는 것은 억지였다.

"…나는 감찰 대신이다. 비밀 수행을 망친 것도 모자라서, 감히 날 막아서?"

분노한 카셀이 바율을 노려보며 씹어뱉듯 말했다. 바율은 몰랐지만, 카셀은 자신의 마법이 무위로 돌아갔다는 데 엄청난 충격을 받은 상태였다. 일평생을 마법에 몸담고 살면서 지금과 같은 치욕을 겪어 본 적이 없었기에 더욱 그러했다.

"이들은 적법한 절차에 따라 대가를 치러야 합니다. 그것이 감찰 대신으로서 당신이 해야 하는 일 아닙니까? 그리고."

카셀의 눈꼬리가 한쪽으로 삐뚜름하게 올라갔다. 바율은 부러 잘 들으라는 듯, 한 박자 쉬었다가 말을 이었다.

"저 역시 폐하께 직접 관직을 하사받은 특무 대신입니다. 나라의 해악을 없애는 일에는 충분히 상관할 자격이 있다고 생각합니다만."

"하아, 일을 이따위로 망쳐 놓고 말이지?"

"일 년 반이라고 하셨습니까?"

상대의 뻔뻔한 거짓말이란 것을 알면서도 바율은 장단을 맞춰 주기로 했다. 거짓말조차 소용없다는 것을 알게 되면, '진짜 모습'을 드러낼지도 모르는 일이다.

"꽤 긴 시간 공을 들이셨는데, 아무렴요. 저 때문에 일을 그르칠 수는 없지요. 그러면 제가 너무 면목이 없지 않겠습니까?"

"……?"

"템페스타, 데려와."

바율이 허공에 대고 명령했다. 바율이 누군지 알지 못했다면, 그로 인해 정령이 무엇인지 알지 못했다면 다들 뭐 하는 건가 싶을 상황이었다.

하지만 '템페스타'라는 이름. 눈에 보이진 않지만, 그 이름을 가진 존재가 바람의 정령이라는 걸 이제는 모두가 알고 있었다.

소문이 어디에서부터 시작되었는지는 확실치 않았다. 바율이 고향인 채밀턴인지, 그가 다니는 아카데미가 있는 게

링스턴인지, 그도 아니면 황궁 베르가라인지.

어쨌든 바율이 정령사라는 것을 아는 대부분의 제국민들은 템페스타뿐만 아니라, 이노센트, 셰임, 스피넬까지 줄줄 꿰고 있었다.

자연을 제어한다는 정령은 재해가 난무하는 시대를 살아가는 이들에겐 희망이었고, 동시에 우러러 모셔야 할 존귀한 존재들이었다.

정령사인 바율은 당연하고, 각 정령을 찬양하는 모임과 집회가 제국 전역으로 유행처럼 번지고 있었다.

"으아아!"

바율의 명이 떨어진 지 얼마 되지도 않아 갑자기 공간 이동이라도 한 것처럼 사내 하나가 실내에 뚝 떨어졌다.

거구의 사내는 어느 곳 하나 날씬한 구석이 없었다. 머리와 몸통이 완전히 붙어서는, 어디가 목인지 구별조차 할 수 없을 정도로 비대했다.

그런 몸뚱이로 무릎을 꿇고 있다는 것 자체가 신기할 지경이었다. 비 오듯 땀을 흘리며 데룩데룩 눈알을 굴려 가며 눈치를 살피는 게, 딱하기는커녕 짜증이 더 치밀었다.

"바율, 이 자식이 여기 대장이래!"

템페스타가 공중에서 책상다리를 한 채 바율에게 고했다. 갑작스러운 녀석의 등장에 모두 자신들의 처지도 잊고 템페스타를 올려다보았다. 말로만 듣던 정령을 처음 접하는 그들의 눈에 놀라움과 감탄이 절로 생겨났다.

개중에선 어처구니없게도 소유욕을 드러내는 눈빛도 있었다. 변태적인 성욕과 맞물려서 저 아름다운 정령을 갖고 싶다는 욕망이 샘솟은 모양이었다.

그걸 템페스타가 알아차리지 못한 게 얼마나 큰 다행인지 당사자는 아마 죽을 때까지 모를 터였다.

"그렇다는군요."

바율은 직접 심문하지 않고 카셀에게 떠넘겼다.

감찰 대신으로서 책무를 다하시지요?

그런 바율의 도전적인 시선에 카셀이 버릇처럼 입안의 속살을 깨물었다. 비릿한 피 맛이 느껴지자 정신이 그나마 명료해졌다.

"…네놈이 이곳의 책임자냐?"

살기 그득한 카셀의 물음에 사내가 자신이 할 수 있는 한 최고의 속도로 고개를 힘차게 저었다.

"아, 아닙니다! 소인은 절대 아닙니다!"

"이게 어디서 거짓말이야! 내가 들은 게 있는데!"

잠자코 지켜보던 템페스타가 버럭 고함을 치자 날카로운 바람이 순간 사내를 스치고 지나갔다.

"끄악!"

사내의 비명이 먼저 터졌다. 이어 가는 실선 같은 게 그의 이마에 생기더니, 이내 붉은 핏물이 주룩 흘러내렸다. 사내의 얼굴이 순식간에 피로 범벅이 되었다.

"다음은 어디를 베어 버릴까? 팔? 다리? 아니, 그냥 목을 잘라 줄까?"

생글생글 웃으며 사내를 협박하는 템페스타의 모습은 여전히 귀엽고 깜찍했다.

하지만 그것은 생김새일 뿐이라는 걸 이제는 다들 알았다. 얼굴은 물론 상의까지 피로 물들이고 있는 사내를 보고 있자니, 잠시나마 잊고 있던 두려움이 다시금 몰려들었다.

템페스타의 어리고 예쁘장한 외모 뒤로 잔인한 성정이 감추어져 있다는 사실이 그들로 하여금 더 큰 불안감을 불러일으켰다.

바율의 눈살이 찌푸려졌다. 평소의 그였다면 아마 템페스타를 자제시켰을 것이다.

그러나 지금은 그러고 싶지 않았다. 보기 거북한 광경이긴 하지만, 가끔은 강하게 나갈 필요가 있다는 걸 이제는 아는 탓이다.

"사, 살려 주십시오! 저는 진짜 아무것도 모릅니다!"

쉭!

"크헉!"

사내의 한쪽 손목이 잘려 나갔다. 그 사실이 믿기지 않는다는 듯 잠시 멍해 있던 사내가 이내 멀쩡한 손으로 팔목을 쥔 채 바닥을 굴렀다. 퉁퉁한 살집 탓에 제대로 뒹굴지도 못했지만, 바닥이 금세 시뻘건 피로 흥건해졌다. 차마 눈 뜨고 보고 있기가 힘들 정도로 참혹한 현장이었다.

바율은 눈을 감지 않기 위해 주먹을 꽉 그러쥐었다. 이곳에 오기 전 이언이 당부하고 또 당부했던 말이 떠올랐다.

"노예 상인은 철저하게 점조직으로 운영되고 있습니다. 완전히 뿌리를 뽑기는 어렵겠지만, 적어도 지부 몇 개 정도는 반드시 없애야 합니다. 놈들이 아는 사실을 최대한 실토하게 하려면 단호하게 나가셔야 합니다. 힘드시겠지만, 이겨 내십시오."

"다시 묻겠다. 네가 여기……!"

"커억!"

카셀의 눈썹이 휘어졌다. 손목 하나로 만족을 못 했는지, 템페스타가 발목까지 잘라 버린 것이다. 이미 바율이 죽이지만 않으면 어떻게든 해도 괜찮다고 사전에 허락했기에, 녀석의 행동에 망설임 따위는 없었다.

노예 상인이라는 게 무엇인지, 놈들이 무슨 짓을 벌이는

지 템페스타는 그런 것은 잘 알지도 못하고 흥미도 없었다.

다만 바율과 감정을 공명하는 녀석이기에 눈앞의 돼지 새끼가 너무나도 싫었다. 물귀신인 이노센트보다 훨씬 더.

"뭘 봐?"

카셀의 시선을 느낀 템페스타가 불퉁하게 쏘아붙이자, 그가 어처구니없다는 듯 피식 웃었다.

정령이라는 게 인간처럼 자아를 가지고 있다는 얘기를 듣기는 했지만, 이 정도일 거라고는 미처 생각하지 못했다.

칼날과도 같은 바람으로 가볍게 인간을 도륙하는 바람의 정령이라.

'갖고 싶군.'

늘 그렇듯 소유하고 싶은 뭔가가 생길 때면 입속에 침이 고인다. 손바닥에선 땀이 났다.

"크흐흐흑!"

손목과 발목이 잘렸다. 끔찍한 통증에 비명을 지를 힘도 남아 있지 않았다. 신음하며 흐느끼는 사내는 거의 혼절하기 직전이었다.

"윗선을 대라."

카셀은 더 이상 사내에게 책임자니 아니니 묻지 않았다. 사실 애초에 아무 관심도 없었지만, 보는 눈들이 있으니 감찰 대신 노릇을 하긴 해야만 했다.

"저, 정말…… 모릅니다. 제…… 쪽에서 애초에…… 여, 연락할 수 있는…… 방법은…… 없습니다."

사내는 지극히 일반적인 점조직의 특성을 겨우 읊어 댔다.

"가, 가면을…… 쓰고 있어서…… 얼굴조차…… 모, 모릅니다……."

이미 짐작하고 있던 바였다. 역시 먼저 접근해 오길 기다리는 수밖에 없는 것인가.

바율이 희미하게 인상을 쓸 때였다.

"상납금 입금 시기가 언제지?"

질문을 한 것은 카셀이 아니라 이언이었다.

위험을 무릅쓰고 노예 시장을 여는 목적은 돈을 버는 것이다. 경매가 끝나면 반드시 회수하러 오게 되어 있다. 아직 경매가 파투 난 것을 모를 터이니 어쩌면 조만간 꼬리를 잡을 수 있을지 모른다.

"모, 모릅…… 끄아아!"

사내의 말이 채 끝맺기도 전에 이언의 검이 움직였다. 멀쩡히 손목이 붙어 있던 팔뚝이 그대로 어깨에서 떨어져 나갔다.

고통 어린 사내의 외마디 소리는 곧 사람들의 비명에 묻혔다. 템페스타에 의해 손목과 발목이 절단당한 것도 무섭지만, 팔 하나가 통째로 잘리는 걸 바로 코앞에서 목격했다. 자신들도 똑같이 그리될 수 있단 두려움에 절로 몸이 덜덜 떨렸다.

왜 아니겠는가.

가진 돈과 권력으로 약한 자들을 짓밟고만 살던 이들이 었다. 온실 속 화초로 곱게 자라기만 한 그들에게 가진 능력이 방패가 되어 주지 못한다는 것은 공포, 그 자체였다.

"난 자비롭지 못하다. 제발 죽여 달라고 빌 때까지 괴롭히고 또 괴롭혀 주지."

이언이 품에서 작은 유리병 하나를 꺼냈다. 살짝 핏기가 도는 갈색의 액체가 보였다.

아말에 성수를 더해 만든 치료 약, 아말룬. 그것을 보란 듯이 흔들며 이언이 사내의 턱을 강하게 쥐었다. 그리고 억지로 입을 벌려 아말룬을 먹였다. 달콤한 향이 피비린내와 섞이며 실내를 더욱 공포감으로 물들였다.

"스피넬. 지혈 좀 부탁할게."

불로 상처를 지져 달라는 의미였다. 바율도 할 수는 있었지만, 차마 용기가 나지 않았다. 굳은 마음과는 별개로 실천하는 데는 또 다른 용기가 필요하다.

상대가 인간을 사고파는 노예 상인이라는 게 다행이란 생각마저 들었다. 물론 그렇지 않았다면 애초에 그에게 이런 고통도 닥치지 않았겠지만.

온몸이 불길로 타오르는 스피넬의 등장은 새롭고 놀라웠으나, 분위기는 더욱 무겁게 가라앉았다. 그녀의 손짓 한 번에 철철 피를 흘리고 있던 사내의 팔다리와 어깨가 삽시간에 출혈을 멈췄다. 잊고 있던 탄내가 다시금 그들의 코를 찔러 왔다.

"주, 죽여 줘……."

아말룬의 효과인지 사내의 신음이 줄어들었다. 그가 애처로운 눈길로 이언을 올려다보았다. 그리곤 제발 죽여 달라며 애원했다.

"묻는 말에 똑바로 대답하면 소원은 들어주지."

어차피 죽는 건 바뀌지 않는다. 편하게 죽느냐, 고통스럽게 죽느냐. 사내에게 남은 선택지는 딱 그 두 개였다.

"입금 날짜."

이언은 길게 묻지도 않았다. 크루델리스의 현혹이라면 쉽게 알 수도 있는 사항을 굳이 이렇게 어렵게 돌아서 가는 이유는 이언의 고집 때문이었다.

"그런 건 대리 구매자들에게나 사용해 주십시오. 노예 상인의 입은 제가 직접 열겠습니다. 제 방식대로."

랑트에서 노예 사냥꾼을 처리하던 그때의 모습과 같았다. 인간 이하의 자들에겐 피도 눈물도 없는 이언이라는 걸 바율은 새삼 다시 느꼈다.

"여, 엿새 뒤……."

이언의 각오가 통한 것일까. 팔다리가 잘려 나가는 와중에도 꽁꽁 다물고 있던 입술이 드디어 열렸다.

"장소는?"

무심한 이언의 물음에 잠시 뜸 들이던 사내가 자포자기하며 중얼거리듯 털어놓았다. 이후로 몇 가지 더 물었지만, 사내는 더 아는 것이 없었다.

이언은 약속대로 검을 휘둘러 사내의 목을 베었다. 그의 심정 같아선 더욱더 고통을 주고 싶었지만, 창백한 바율의 안색이 그럴 수 없게 했다. 어서 끝내고 숙소로 돌아가는 게 좋을 듯했다.

"…이 정도면 제가 할 도리는 한 것 같은데, 마음에 차십니까?"

바율은 목적한 바를 이루었지만, 카셀의 심기를 거슬렀을 게 뻔하다. 부러 도발하듯 바율이 묻자, 그의 회색빛 눈동자가 일순 광기에 차올랐다가 언제 그랬냐는 듯 서늘하게 가라앉았다.

"제법이군."

"그게 다입니까?"

"고맙다는 인사라도 바라는 건가?"

"그럴 리가요. 나라를 위한 일에 어찌 감사 인사를 바라겠습니까. 다만."

바율은 카셀을 곧이 응시하며 아까부터 하고 싶었던 말을 뱉어 냈다.

"제게 존대하십시오."

"…뭐?"

"제가 누군지 잊으신 겁니까? 저는 제국의 유일한 공작가의 후계자이자, 폐하께 직접 영지와 작위를 하사받은 백작이며, 특무 대신입니다. 여태까진 더 중한 일이 있어 굳이 문제삼지 않았으나, 더 이상의 하대는 용납하지 않겠습니다."

존대를 요구하는 바율의 말투는 건조하면서도 단호했다. 흐트러짐 없는 호흡 하며, 차분하고 담담한 표정.

하지만 왜일까?

가만히 서서 저를 응시하는 녀석에게서 카셀은 난데없는 두려움을 느꼈다. 무어라 설명할 순 없지만, 보이지 않는 거대한 기운이 그를 옥죄고 있었다.

그에겐 없을 거라고 여겼던 감정이 솟구치며 감히 굴종하라 속삭였다. 황제마저도 우습게 보았던 자신이거늘, 고작 열일곱 살짜리 애송이에게 이런 기분을 느낀다는 게 순간 어처구니가 없었다.

'응?'

그리고 그때 카셀의 시야에 이상한 것이 들어왔다.

'눈이……?'

본래 잿빛이었던 바율의 눈동자가 시시각각 변하고 있던 것이다. 붉었다가 푸르렀다가 하얘졌다가 거멓다. 종국에는 처음처럼 다시 잿빛으로 돌아왔기에 잠깐 착각한 건가 싶기도 했다.

"제 말은 이제 아예 무시하기로 하신 겁니까?"

멍해진 카셀의 귀로 단조로운 바율의 목소리가 재차 들려왔다.

"훗."

그 아비에 그 자식이로군.

카셀에게 대하는 것이 가장 껄끄러운 상대가 누구냐고 묻는다면 단연코 란데르트 공작이었다. 그의 엄청난 무력도 무력이지만, 그보다는 방금 저도 모르게 느낀 이 더러운 기분을 들게 했던 유일한 자이기 때문이다. 아니, 이젠 유일한 자였다고 해야 하나.

어쨌거나 부자가 쌍으로 마음에 들지 않았다. 할 수만 있다면 둘을 한꺼번에 죽이고픈 살심이 카셀의 마음 한편에서 몰아쳤다.

어려서부터 꾹꾹 내리눌러야만 했던 타고난 파괴의 본능이 오랜만에 전신을 휘감으며 그를 짜릿하게 했다.

"무례했다면 사과하지요."

그러나 카셀은 때를 볼 줄 알았다. 그에 따라 자연스레 태세 전환도 빨랐다.

물론 그건 머리가 좋아서였을 뿐, 실제로 그가 남의 눈치를 볼 일은 손에 꼽았다.

카셀은 네 살쯤 마법사로 자질을 인정받고 이후로도 쭉 두각을 나타냈다. 그리고 이십 대를 얼마 넘기지 않아 마침내 대마법사란 칭호를 얻었다. 그런 그의 능력을 높이 산 황제는 바율과 같은 백작의 작위를 카셀에게 내렸다.

출중한 외모에 뛰어난 마법 실력까지 겸비한 그였기에, 당연히 제국의 많은 여인이 추파를 던졌다. 그건 그가 헥터 공작의 딸과 혼인을 하고서도 달라지지 않았다.

하나 카셀은 마법 이외에는 이제껏 무엇에도 관심을 가져 본 적이 없었다.

장남으로서 가문의 대를 이어야 할 명분이 없었더라면 그따위 정략결혼도 하지 않았으리라.

귀찮은 것을 싫어하는지라 사교 모임에도 일절 나가지 않는 그에게 딱 하나 취미 생활이 있었으니, 바로 노예를 사들이는 일이었다.

누구처럼 한심하게 성욕을 풀려는 목적이 아니었다. 그에게 노예는 오로지 실험 대상이었다. 근처에서 적당한 대상을 물색해서 납치를 할 수도 있었지만, 노예 시장에 오는 건 그에겐 그 이상의 의미가 있었다.

말하자면 일종의 유희라고나 할까. 나른한 일상 속 잠깐의 일탈 같은, 그런 거 말이다.

그런데 오늘로써 그것이 와장창 깨지고 말았다. 자신의 즐거움을 망가뜨린 장본인이 바로 란데르트 공작의 아들, 바율이란 사실에 그는 다시 한번 기가 막혀 웃음이 났다.

"아무 때나 웃는 것은 버릇이신가 봅니다."

바율은 그의 웃음이 마음에 들지 않았다. 조롱기가 다분히 섞인 그의 미소를 볼 때마다 화가 치밀었다. 가면을 벗겨 내도 그 안에 또 다른 가면을 쓰고 있는 듯한 가식적인 모습. 그 이면을 들춰내고 싶었다.

"이 또한 무례했다면 사과하겠습니다."

카셀은 마치 바율에게 원하는 것이 있다면 뭐든 하겠다는 듯이 굴었다.

"바율, 잡혀 있던 인간들 다 구했다는데?"

그때 템페스타가 바율의 곁으로 슥 날아와 고했다. 이곳에서 바율이 카셀을 상대하는 동안, 정령들과 만월 기사단이 합심하여 갇혀 있는 이들을 모두 구조했다. 그들은 바율의 보호 아래 각자 원래의 고향으로 돌아가거나 새로운 터전에 자리를 잡게 될 터였다.

"그럼, 이제 이들은 어떡할까요?"

"내가 알아서 하지."

이언의 물음에 카셀이 기다렸다는 듯이 나섰다.

"아. 감찰 대신에게도 할 일은 남겨 달란 뜻입니다, 란데르트 백작님."

"그럴 수 없습니다."

이미 상대가 그렇게 나올 거란 건 짐작하고 있었다. 바율은 타당한 이유 몇 가지를 제시했다.

"우선 당신을 신뢰할 수 없다는 것이 첫 번째 이유입니다. 제가 감찰의 증거를 확인하기 전까지는 이번 일에 관여하지 말아 주시길 부탁드립니다."

"하핫, 뭐라?"

"그리고 또 하나, 윗선에 닿으려면 엿새라는 시간이 필요합니다. 그때까지는 말이 새어 나가지 않도록 이들을 잡아 둘 작정이니, 댁으로 그만 돌아가 주십시오."

"나를 믿지 못하겠다면서, 집에 돌아가라고? 그냥 나도 같이 감금시키는 편이 더 안심이 될 텐데?"

"그럴 수만 있다면 그러고 싶지만, 감찰 대신을 그리 대할 수는 없지요."

"내가 밖에서 무슨 짓을 할 줄 알고?"

"그 점은 염려 마십시오."

바율은 부러 보란 듯이 템페스타에게 눈길을 주었다. 그러자 녀석이 키득거리며 카셀의 주변을 한 바퀴 빙 돌았다.

"…날 감시하겠다는 거로군."

그것도 정령으로 말이지.

일반인이라면 정말이지 생각지도 못할 방법이다. 심지어 이런 예상 밖의 상황이 계속해서 펼쳐진다. 돌연 카셀의 허리가 깊게 숙였다가 들렸다. 그러더니 그가 미친 사람처럼 웃기 시작했다.

"아, 재미있어. 진짜 돌아 버리겠군."

"내가 정말로 돌게 해 줄까?"

템페스타가 카셀에게 바투 다가선 것은 그때였다.

갑작스러운 녀석의 움직임에 당황한 카셀이 반사적으로 한 걸음 물러서자 템페스타가 사악한 미소를 띤 채 그에게로 더욱 가까이 붙었다.

"왜 또 반말인데? 우리 바율이 존대하라고 했잖아, 이 멍청한 인간아!"

"뭐, 뭐야?"

"한 번만 더 바율한테 반말 지껄이기만 해. 살려 달라고 애걸복걸할 때까지 끌고 다닐 테니까."

자세한 설명은 없었지만, 무슨 뜻인지 이해하는 데는 별로 어렵지 않았다. 녀석은 카셀의 불화살을 손쉽게 무력화시킨 장본인이었으니까.

템페스타의 경고가 먹힌 건지, 그도 아니면 태어나 처음 듣는 멍청이란 말에 충격을 받은 건지, 카셀은 그답지 않게 아무런 대꾸조차 못 하고 애꿎은 눈만 깜박거렸다.

"모시고 가라."

이언의 검에 튕겨 나가떨어졌던 카셀의 호위 기사가 어느 틈엔가 정신을 차리고 벽을 짚으며 일어서고 있었다. 뼈가 부러졌던 것은 아닌 모양인지, 움직이는 데 제약은 없어 보였다.

"도, 도련님……."

사내가 송구하다는 듯 고개를 수그리자 카셀이 잠시 망설이다가 획 몸을 돌려 지하를 빠져나갔다. 그 뒤를 템페스타가 신이 나서 쫓아가는 게 바율에게만 보였다. 어느덧 형체를 숨긴 것이다.

"템페스타에게 사고 치지 말라고 당부는 하셨습니까?"

"네, 걱정 마세요."

카셀을 이대로 내보내는 건 찜찜하지만, '감찰 대신'이라는 좋은 핑계가 있으니만큼, 지금으로써는 더 붙들고 있을 명분이 없었다.

더욱이 그는 황제의 처남이었다. 그의 처리에 관해선 신중해야 할 필요가 있었고, 그건 곧 아버지께 연락을 드려야 한다는 뜻이었다.

게다가 당장 내일이 아카데미가 개강하는 날이었다. 바율은 엿새라는 시간을 벌었으니 일단은 이쯤에서 마무리를 짓는 것이 낫겠다는 결론을 내렸다.

"다들 한쪽으로 모여 주시겠습니까?"

드디어 심판의 시간이 도래했다. 숨죽이고 있던 자들이 제각각 겁에 질린 눈으로 바율을 바라보며 불안한 걸음을 떼었다. 자리를 지키고 선 건 라나사와 붉은 드레스의 소녀뿐이었다.

"스피넬, 이들이 도망칠 수 없도록 감옥을 만들어 줘."

"네, 바율 님."

스피넬은 그저 시선을 들기만 했다. 하지만 바로 다음 순간, 갑자기 불의 장막이 화르르 타오르며 사람들을 에워쌌다.

"으아아!"

"뜨, 뜨거워!"

놀란 그들이 비명을 지르며 살려 달라 외쳤지만, 바율은 그럴 마음이 조금도 없었다.

"불에 닿지 않으면 여러분은 안전합니다. 저는 엿새 후에 다시 오도록 하지요."

상납금을 가지러 올 누군가를 생포하고 난 뒤 풀어 줄 작정이었다. 물론 그 후 그들이 묵을 거처는 각자의 집이 아니라 법의 심판에 따라서 결정될 것이었다.

"이언 경."

"네, 도련님."

"크리스 씨를 부탁드릴게요. 저는 용건이 생겨서요."

대리 구매자들에게 마황의 현혹이 필요한 시간이었다. 밖에서 기다리느라 퍽 답답했을 그를 이언에게 넘기며 바율은 라나사를 돌아보았다.

라나사는 여전히 붉은 드레스의 소녀의 손을 꼭 잡은 채 멀찌감치 떨어져 있었다.

"우리, 할 얘기가 있는 것 같지?"

바율이 다가가며 묻자 라나사가 소녀를 힐긋 쳐다보며 말했다.

"여기 말고 다른 데서."

"근처에 내가 머무는 숙소가 있어. 괜찮겠어?"

"응."

라나사는 당장 아실을 이곳에서 나가게 하고 싶었다. 그래야만 조금이라도 더 빨리 이 끔찍한 기억에서 탈출할 수 있을 테니까.

"가자."

그 심정을 충분히 공감한다는 듯 바율이 라나사와 아실
을 데리고 경매장을 벗어났다. 밖에서 대기 중이던 만월 기
사단이 그 뒤를 바짝 호위하며 따랐다.

Chapter 2.
라나사의 고백

1.

"이런 데서 묵고 있었어?"

바율의 숙소는 허름한 수준은 아니었지만, 그렇다고 고급스럽다고 할 수도 없었다. 눈에 띄지 않으려고 택한 장소이거늘, 공작가의 후계자인 바율이 이런 곳에서 숙박한다는 게 꽤 의외였는지 라나사가 픽 웃었다.

"아실이라고 했나? 그 아이는?"

"잠들었어."

얼마나 충격이 컸으면 아실은 숙소에 도착하고서도 계속 몸을 떨었다. 그러던 그녀가 진정하기 시작한 건 바율이 따뜻한 물이 담긴 욕조를 그녀가 있는 방으로 들여보내고 나서였다.

목욕 후에 그간 쌓였던 피로가 몰려든 탓인지 비로소 안도하며 잠에 빠진 것이다. 혹시나 중간에 깨서 라나사를 찾을지 몰라 그들은 바로 옆방에서 얘기를 나누기로 했다.

"차 마실래?"

"응."

아실만큼은 아니었지만 라나사의 얼굴에도 핏기가 없기는 마찬가지였다. 늦은 시간 탓에 식사를 주문할 수 없어 일단 차라도 내밀었다.

"노예 사냥꾼을 쫓아 여기까지 왔다고?"

차를 조금씩 홀짝이던 라나사가 불쑥 물었다. 아까 카셀과 나누던 대화를 들은 모양이었다.

"어, 화가 나서 참을 수가 없더라고."

"그랬구나."

처음엔 당연히 몰라봤다. 짐작조차 못 했다. 하지만 나무뿌리가 사람들을 포박하고 불기둥과 지진에 이어 천장에서 물까지 떨어졌을 때, 라나사는 배후에 바율이 있음을 확신했다.

사대 정령을 다루던 바율의 모습을 아카데미에서 이미 본 적이 있었기 때문이다. 더욱이 그는 자신과 아실에게만 아무런 해를 끼치지 않았다. 그건 이미 상대가 자신을 알아보았다는 뜻이다.

"어디서부터 얘기를 해야 하지."

"…말하고 싶지 않으면 굳이 하지 않아도 돼."

어떻게 된 사정인지 전혀 궁금하지 않다면 거짓말일 것이다. 하지만 바율은 억지로 듣고 싶지도 않았다.

"네가 믿을 수 있을지 모르겠지만, 말 안 할 거야. 아무에게도."

"고맙네."

"…어?"

기차에서 한 번. 도서관에서 또 한 번.

라나사는 바율과 단둘이 마주칠 때마다 무섭게 화를 냈었다. 그래선지 고맙다는 말을 듣자 바율은 순간 멍해졌다.

"오늘 도와줘서 고맙다고. 내 인생에서 정말 소중한 걸 잃어버릴 뻔했거든."

"……"

"고마워, 진짜로."

어느새 눈물이 그렁그렁해진 라나사가 바율을 바라보며 속삭이듯 말했다.

라나사의 별명은 얼음 여신이었다. 처음 보면 누구나 돌아볼 법한 예쁘장한 외모를 지녔지만, 서늘한 분위기 탓에 가까이 다가가는 것조차 힘든 까닭이다.

그녀의 미모에 혹해서 고백했다가 본전도 못 찾고 차인 동기생과 선배가 수두룩하다고 전해 들었다.

그런 라나사가 울고 있었다. 공교롭게도 바율 앞에서 흘리는 두 번째 눈물이었다.

하지만 처음 기차에서 보았던 것과는 전혀 다른 느낌이었다. 그땐 무언가에 분노해서 억울함을 참지 못한 듯했다면, 지금은 긴장이 풀어진 뒤 안도에서 우러나오는 모양새였다. 더불어 고맙다는 그녀의 말에서 바율은 진심을 느꼈다.

톡.

라나사의 보라색 눈동자에 맺혀 있던 눈물이 끝내 떨어져 내렸다. 그녀의 드레스가 젖어 드는 걸 보면서도 바율은 뭐라고 위로해야 할지 몰랐다. 머릿속에 딱히 떠오르는 말이 없었다. 말주변이 없다는 게 지금처럼 후회스럽기는 처음이었다.

"…아실은 보육원에서 나와 함께 자란 친구야."

그렇게 얼마쯤 흘렀을까.

울음을 애써 속으로 삭이며 라나사가 고백했다.

그런데 보육원이라니?

그게 무슨……?

바율의 의문이 표정에 고스란히 드러났는지, 라나사가

먼 산을 바라보듯 어두운 창으로 시선을 준 채 다시금 입을 열었다.

"버림받았거든. 난 보스트리지 남작의 친딸이 아니야."

그 순간 바율은 황궁에서 보았던 보스트리지 남작 부부를 떠올렸다. 남들에게 예쁘고 잘난 딸을 자랑하기에 여념이 없었던 그들은, 확실히 라나사와 닮은 구석이라고는 조금도 찾아볼 수 없었다.

"그때 그 사람, 봤지? 기차에서 우리 처음 만났던 날."

라나사가 묻는 '그 사람'이라는 게 그녀와 똑같이 생긴 얼굴로 미안하다고 부르짖던 여인을 말하는 거라면, 당연히 보았다.

바율이 말없이 고개를 끄덕이자 라나사가 자조적으로 입가를 실룩였다.

"그 사람이 내 엄마야. 날 낳아 준 친모."

보스트리지 남작의 친딸이 아니라고 했을 때부터 그럴 거라고 생각했다. 둘은 너무나 닮았으니까.

"근데 나는 그 사람을 내 엄마라고 부를 수가 없어. 집에서뿐만 아니라, 그 어디에서도……."

라나사가 이런 식으로 감정을 드러냈던 적이 있었던가? 무릎 위에 놓인 그녀의 양 주먹이 악력을 이기지 못하고 바들비들 떨렸다.

잠시 후, 라나사가 억눌린 잇새로 고통스럽게 내뱉었다.

"대외적으로 내가 그녀를 부르는 호칭은 고모야."

"…고모?"

의아함에 바율은 자신도 모르게 반문했다.

"놀랐니?"

아무렇지 않게 물어오는 라나사를 바율은 혼란스러운 눈빛으로 바라보았다.

'고모'라면, 아버지의 누이를 부를 때 쓰는 호칭이었다. 그렇다는 건 보스트리지 남작이 실제로는 그녀의 외숙이라는 뜻이다.

친딸이 아니라기에 보육원에서 입양이라도 한 건가 싶었는데, 뭔가 더 복잡한 내막이 있는 걸까.

"고모…… 그러니까 내 친모가 날 밴 건 열아홉 살 때였어. 집에선 난리가 났지. 혼인도 안 한 여자가 누군지도 모르는 사내의 씨를 가졌다며, 가문의 수치라고 몰아세웠지. 남들에게 사실이 알려지길 두려워한 나머지 아이를 낙태시키려고 별짓을 다 했다고 하더라."

라나사는 마치 남 얘기하듯 무심하게 설명했다.

"하지만 아이의 생명력은 끈질겼어. 게다가 열아홉 살의 어린 임산부도 제 자식을 살리려고 바락바락 대들었대. 열 달이란 시간을 감금당한 채 죽기 살기로 버틴 거야."

바율은 라나사를 위해 놀란 티를 드러내지 않으려고 부단히 애썼다. 그러나 그녀가 '낙태'라는 단어를 언급한 후로는 좀처럼 표정 관리를 할 수가 없었다.

결혼하지 않은 처녀가 임신을 했다는 게 일반적이지 않은 것은 맞다. 특히 귀족가에서는 더욱 당황스러웠으리라.

하지만 아무리 그래도, 그런 이유만으로 서슴없이 뱃속의 생명을 죽이려 했다는 게 바율로서는 도무지 이해하기 어려웠다.

"아이는 놀랍도록 건강하게 태어났다고 해."

그게 가장 마음에 들지 않는다는 듯 라나사가 미간을 찡그렸다.

"그때 죽었어야 했는데……."

나지막하게 웅얼거리듯 말하는 그녀의 음성은 소름 끼치게도 진심인 듯했다.

"아무튼, 그렇게 어찌어찌 태어난 아이는 어미 품에 안겨 보지도 못한 채 버려졌어. 열다섯 살이 되던 해까지 자신의 부모가 누군지도 모른 채 보육원에서 천둥벌거숭이처럼 자랐지. 아실은 그곳에서 만났어. 나보다 몇 해 뒤에 들어왔는데, 착하고 사려가 깊어서 날 많이도 챙겨 줬지."

성질을 죽이지 못해서 온갖 사고를 쳐 대는 라나사를 살피고 보듬어 주던 유일한 친구가 바로 아실이었다. 사실상 아실은 외로웠던 그녀에게 언니이자 어미나 마찬가지였다.

"그런데 어느 날 웬 귀족 어른이 찾아왔네? 내가 실은 고아가 아니라 착오로 인해서 보육원에서 지내게 된 거라나?"

당시를 생각하자 분노한 것인지, 라나사의 눈가가 더욱 싸늘하게 식었다.

"처음엔 너무 기뻤어. 내가 귀족이어서가 아니라, 나에게도 가족이 있구나. 나도 다른 애들처럼 엄마, 아빠가 있구나. 그 사실에 설레고 행복했어."

물론 그 행복이 산산조각 나는 데에는 며칠 걸리지도 않았다.

"알고 보니까 내 친모라는 여자가 자살 시도를 여러 번 했더라고. 제발 날 데려와서 키워 달라고, 그렇게만 하면 시키는 건 뭐든 하겠다고."

"라나사……."

"근데 여기서 제일 웃긴 게 뭔지 알아?"

라나사가 텅 비어 버린 눈을 하고 바율에게 물었다.

"내 양부가 날 데려온 건 그런 그녀의 처절한 부탁 때문이 아니었어. 곱상하게 자란 내 외모 때문이었지."

거울을 볼 때마다 자신의 얼굴을 칼로 짓이기고 싶은 충동을 느낀 것이 그때부터였다.

"남작에겐 딸이 없었거든. 작위를 물려 줄 아들은 있는 데, 어딘가 팔아 치울 만한 딸이 없는 거야. 제법 반반하게 생겼으니 데려다 조금 키워 놓으면 써먹을 데가 있겠다 싶었던 거지."

그런 이유로 라나사는 방학 때마다 사교 모임에 끌려다니는 신세였다.

"아마 내가 검술에 재능이 없었더라면 벌써 시집가서 애가 셋은 있었을걸?"

상상만으로도 기가 찬다는 듯 라나사가 헛웃음을 터뜨렸다.

하나 바율은 함께 웃어 줄 수가 없었다. 얼음 여신이라 불리는 라나사의 뒤로 이런 가혹한 현실이 숨어 있을 거라고는 전혀 생각지도 못했다. 그녀에게 직접 듣고 있는 게 아니라면 누군가 꾸며낸 거짓말이라고 여겼을 것이다.

"열다섯 살에 처음으로 검을 손에 쥐었는데, 태어나서 그런 감정을 느낀 건 처음이었어. 갖고 싶다. 가족보다도, 검을 더 갖고 싶다."

앙상하게 마른 열다섯 살의 소녀가 오랜 시간 진열대에 놓여 있기만 하던 검을 잡고 이리저리 휘두르던 모습을 보스트리지 남작의 호위 기사가 본 건 거의 천운이라고 할 수 있었다.

"다행이라고 해야 할지, 이놈의 집안에는 나 같은 부류가 없더라고. 그래서 남작이 도박을 해 본 모양이야. 내 몸값을 더 올릴 수 있는지에 대해서. 그 덕에 난 3년을 도르하에 처박혀서 검술만 배웠어. 나에게 진짜 재능이 있는지 없는지 시험받는 기한이었지."

"3년이라고?"

"아, 깜박했네. 내 진짜 나이는 열아홉 살이야. 너보다 두 살 많은."

아카데미에 입학할 수 있는 나이는 열여섯 살이었다. 하지만 라나사는 그보다 두 해나 늦게, 열여덟 살에 들어왔다는 얘기였다.

"다시 본론으로 돌아가자면, 나는 남작의 호위 기사와 대등하게 겨루어 이겨 냈어. 그리고 시간을 벌었지. 남작이 생각을 조금 바꿨거든. 중매 시장에서 나만 한 상품이 없을 거라나, 뭐라나."

"…라나사. 넌 상품이 아니야."

노예 시장의 기억이 다시금 떠오르자 바율은 불쾌함을 내비쳤다. 자상하게만 보였던 보스트리지 남작의 얼굴이 더 이상 좋게 느껴지지가 않았다.

"알아, 나도."

비참한 자신의 처지를 담담히 털어놓고는 있지만, 라나

사는 더 이상 연약한 소녀가 아니었다. 당연히 남작이 바라는 대로 팔려 가듯 시집갈 생각 같은 건 조금도 없었다.

"내가 미친 듯이 검술에 매진하는 건 그들이 원해서가 아니야. 애정 결핍 환자처럼 잘 보이고 싶어서 그런 것도 아니고."

사실 처음 일 년은 그랬다.

내가 조금만 더 잘하면.

내가 조금만 더 열심히 하면.

그땐 아버지, 어머니가 좋게 봐 주시겠지.

하지만 달라지는 건 없었다. 좋은 옷과 맛있는 음식을 먹을 순 있었지만, 그들에게 라나사는 여전히 아비도 누군지 모르는 사생아일 뿐이었다.

"날 위해서야. 스스로 일어서기 위해 내가 검을 택한 거라고."

아카데미를 졸업만 하면 서류상 성인이 될 테고, 완전한 독립을 할 수 있었다. 그때까지만 장단을 맞춰 주는 것뿐이다.

"난 만월 기사단에 들어갈 거야."

"…뭐?"

갑작스럽게 통보 비슷한 말을 들은 바율은 일순 아연해졌다.

"그곳에서라면 마음껏 자유로울 수 있을 것 같거든. 물론 실력이 뒷받침되어야겠지만."

'아니, 그보다 더 근본적인 문제가 있는데…….'

만월 기사단은 달의 일족만이 입단할 수 있었다. 아무리 실력이 출중해도 그 전제 조건이 반드시 붙어야만 한다.

하지만 바율은 차마 지금 그 말을 할 수는 없었다. 만월 기사단을 입에 담는 라나사는 진지했고, 그것만이 오로지 그녀가 살아가는 목적인 것 같았다.

"내 친부는 아마도 떠돌이 기사가 아니었을까 싶어."

그게 아니라면 검술엔 젬병들뿐인 보스트리지 남작가에서 라나사 같은 돌연변이가 태어날 수 있을 리 없었다.

"이제 설명이 좀 되었나?"

그냥 생각나는 대로 마구 뱉어 낸 것 같지만, 라나사는 묘하게 속이 시원한 느낌이었다. 자신의 치부를 남에게 이리 아무렇지도 않게 털어놓은 것도 처음이었고, 심지어 그 상대가 바율일 거라고는 예상조차 못 했다.

"다시 한번 아실을 구해 줘서 고마워. 캐링스턴에 가기 전에 보육원에 잠시 들렀다가 아실이 끌려갔다는 소식을 듣고 제정신이 아니었어. 잡아간 놈이 노예 시장을 들먹이는 바람에 겨우 쫓아서 경매장까지 가긴 했는데, 돈이 없어서 정말 막막했거든."

막판에 있는 대로 금액을 말하긴 했지만, 사실 라나사에 겐 꿈도 꾸지 못할 액수였다. 그저 어떻게든 아실의 손을 잡고 도망칠 궁리만 하고 있었다.

"널 알아본 순간 내가 얼마나 안도했는지, 넌 아마 모를 거야."

그때의 평안함이란.

바율을 향한 라나사의 눈빛이 순한 양처럼 둥그레졌다.

"너한테 사과하고 싶어."

"…사과?"

"응, 마주칠 때마다 불같이 화냈던 거 정말 미안해. 부모 잘 만나서 한심하게 사는 족속이라고 욕한 것도."

"아."

바율은 잊고 있던 기억이었다.

"내 열등감 때문이었어. 난 하루하루를 살아가는 게 이 렇게 버겁고 힘든데, 부모의 사랑을 듬뿍 받고 자라는 너희 를 볼 때마다 위장이 뒤틀리는 기분이었어. 아카데미에 입 학하고 처음 몇 달은 질투가 나서 잠을 못 잘 정도였다니 까. 참 한심하지?"

기대라고는 진즉에 때려치웠는데, 감정이라는 건 너무 제멋대로였다.

"난…… 이해해."

"······?"

"오랫동안 나 때문에 쌍둥이 형이 죽었다고 생각하며 살았어. 그 충격으로 힘들어하시는 아버지를 오해하고 날 미워하신다고만 생각했지. 아버지에게 다시 사랑받고 싶은데, 방법을 알 수가 없어서 죽을 만큼 괴로웠거든. 물론 지금 너의 상황과 완전히 같지는 않겠지만, 어떤 기분인지는 알 것 같아."

라나사나 바율이나 둘 다 마음의 병이 원인이었다. 바율은 많이 치유가 되었지만, 라나사는 아무래도 아직 현재 진행 중인 듯하다. 바율은 문득 그녀를 돕고 싶었다.

"혹시라도 내가 필요하면 언제든 말해."

바율의 뜬금없는 소리에 라나사가 멍한 표정을 지었다.

"친구끼리 도와줄 수 있잖아."

"···친구?"

"응."

라나사는 아실을 빼고는 그 누구도 친구라고 여긴 적이 없었다. 자신의 진짜 실체를 알면 비웃을 게 뻔하다고 생각했으니까.

"진심이야?"

"당연하지."

한 치의 망설임도 없는 대답.

익숙하지 않은 미묘한 감정이 라나사의 내면에서 꿈틀거렸다.

"…내가 싫다면?"

라나사의 입에서 저도 모르게 방어적인 말투가 튀어나왔다. 곧 그녀의 얼굴에 후회의 기색이 스쳤지만, 이미 뱉은 말을 주워 담을 수는 없었다.

'더는 상처받고 싶지 않아.'

새로운 누군가와 가까워진다는 건 라나사에겐 두려움이기도 했다. 언제 본인을 떠날지 모른다는.

"그래도 어떻게 안 될까?"

"뭐?"

"싫어도 친구 했으면 해서."

바율은 부러 해맑게 웃어 보였다. 라나사가 벽을 세우는 이유를 조금은 알 것 같았기 때문이다.

아마 친구가 되더라도 자신을 대하는 그녀의 태도는 당장 변하지 않을 것이다. 그건 오랜 시간 겪어 온 고통에 대한 방어 기제일 테니까.

하지만 어릴 적 친구를 위해 위험을 무릅쓰고 경매장까지 찾아 나선 그녀였다. 겉으로는 강한 척하며 차가움으로 무장하고 있지만, 그 속은 누구보다 따뜻함을 품고 있었다.

바율은 아카데미에 와서 억만금을 주더라도 바꿀 수 없는 소중한 친구들을 사귀었다. 고맙게도 그들은 기꺼이 자신에게 손을 내밀어 주었다.

이번에는 바율이 그런 친구들을 대신하고 싶었다. 얼음 여신이라 불리는 라나사지만 그간 많이 외로웠을 것이다. 바율은 진심으로 그녀에게 친구라는 울타리가 되어 주고 싶었다.

"바율. 넌 좋은 아이야."

라나사의 갑작스러운 칭찬에 바율의 눈이 커다래지자 그녀가 조금은 나긋해진 어조로 얘기했다.

"그래서 피해 주고 싶지 않아."

"피해라니?"

"나랑 엮여서 좋을 게 없다는 소리야. 너처럼 대단한 가문의 아이가 사생아인 나와 친하다는 게 알려지면 사람들이 뭐라고 생각하겠니? 너 자신을 격하시키지 마."

바율로서는 생각지도 못한 이유였다. 그저 자신은 친구가 되고 싶었을 뿐인데, 그 작은 바람에 대해 라나사는 너무 먼 곳까지 보고 있었다.

"바율, 넌 나와는 달라. 격에 맞는 사람들과 어울려. 난 아니야."

"…너도 좋은 아이야. 그리고."

바율은 이맛살을 찌푸리며 입에 담고 싶지 않았던 말을 뱉어 냈다.

"사생아로 태어난 건 네 의지가 아니잖아. 그건 손가락질받을 일이 아니라고 생각해. 넌 아무 잘못이 없어."

"너라면 그렇게 말할 줄 알았어."

라나사가 의미를 알 수 없는 표정을 짓곤 피식 웃었다.

"내가 왜 친한 친구도 없이 홀로 지내는지 알아?"

다시 혼자가 되는 게 싫어서, 공부에만 전념하기 위해서 등 많은 핑계가 있었지만, 그보다 가장 근본적인 이유는 사실 따로 있었다.

"언젠가 내가 사생아라는 사실이 알려지면 전부 등을 돌릴 테니까. 뒤에서 아비가 누군지도 모르는 천한 핏줄이라고 수군거릴 테니까. 그렇게 될 거란 걸 너무 잘 알아서 혼자이길 택한 거야. 상처받기 전에 애초에 틈을 주지 않는 거, 그게 나 자신을 보호하는 가장 쉬운 방법이거든."

"네가 말하지 않으면 되잖아."

"뭐?"

"그렇게 알려지는 게 싫으면 말하지 않으면 되는 거 아니야? 나도 네가 말하지 않았다면 몰랐을 거고."

"너 정말 순진하구나?"

라나사의 고운 미간에 잔주름이 잡혔다.

"내가 보스트리지 남작가에 들어온 게 열다섯 살 때야. 아들밖에 없던 집안에 갑자기 다 자란 여자애가 딸이라며 나타났는데, 아무도 이상하게 생각하지 않았을 것 같니?"

"……!"

"망할 집구석에서 어쭙잖은 변명을 해 대긴 했지."

누가 보면 닳기라도 할까 봐 보여 주기 싫었다고. 집안에서만 곱게 키운 하나밖에 없는 귀한 딸이라고.

단 한 번도 그런 달콤한 소리는커녕 다정한 눈빛조차 주지 않았으면서 사람들에게는 잘도 거짓말을 해 댔다.

"귀족들은 체면을 가장 중시하잖아? 남작 부부의 같잖은 거짓말에 다들 하하, 호호 웃으며 '그러셨군요', '저라도 그랬겠어요', '따님이 정말 너무 예쁘네요' 같이 쓰잘머리 없는 소릴 하며 맞장구쳤어. 그리곤 뒤에 가서 숙덕거리기 일쑤였지. 뭐, 지금은 시간이 지나면서 덜해지긴 했지만 말이야."

라나사가 처음 사교 모임에 참석했을 때, 그녀는 수치스러움을 참기 위해 화장실을 수시로 들락거려야만 했다. 귀까지 붉어질 만큼 벌게진 얼굴을, 다른 이들에게는 절대 보여 주고 싶지 않았다.

"너는 몰랐어도, 이미 아카데미에서도 아는 애들은 알 거야. 그저 화젯거리가 되지 않았을 뿐이지. 그 점은 너한테 조금 고맙기도 해."

편입한 이후로 바율은 내내 아카데미의 화제의 중심이었다. 수다를 떠는 무리에 낀 적은 없지만, 라나사에게도 눈과 귀가 있었다. 학생들은 언제나 바율 얘기를 달고 살았다.

"내가 도움이 되었다니 다행이네."

관심을 끌지 않으려고 노력하던 시절이 바율에게도 있었다. 정령사라는 게 알려지고 난 지금은 다 소용없는 짓이 되었지만, 그 관심이 도리어 라나사에게는 위안이 되었다니 실소가 터졌다.

"이왕 말이 나온 김에, 한마디만 더 해도 될까?"

"뭔데?"

"난 네가 끝까지 당당했으면 좋겠어."

생각지도 못한 말이었는지 라나사의 몸이 그대로 굳었다.

"설사 너에 대한 얘기가 아카데미에 퍼진다고 해도, 지금처럼 얼음 여신이란 별호에 걸맞게 의연하기를 바라."

"…왜? 내가 왜 그래야 하는데?"

"그야 그게 잘 어울리니까."

"어울린다고?"

"응, 도도하고 강인한 네 모습에 아카데미 애들이 그렇게 매달리는 거잖아."

"뭐라고?"

어처구니없다는 듯 라나사의 입매가 벌어졌다. 바율은

그런 라나사를 못 본 척하곤 말을 이었다.

"그리고 네가 모르는 것 같아서 말해 주는데, 난 원래 사람들이 뒤에서 수군거리는 것에 매우 익숙해. 태어나면서부터 단련이 되었다고 해야 하나?"

지금이야 온 대륙인의 기대를 한 몸에 받고 있지만, 얼마 전까지만 해도 바율은 란데르트 공작의 아들이란 수식어에 걸맞지 않은 존재였다. 장담하건대 뒤에서 수군거리는 대화의 중심에는 라나사보다 본인이 훨씬 더 많았을 것이다. 자랑은 아니지만.

"그러니까 쓸데없는 걱정은 하지 않아도 돼. 네가 필요하다면, 내가 기꺼이 네 편이 되어 줄게."

"…내 편?"

라나사가 무심결에 중얼거렸다. 세상에서 아실 말고 제 편이라고는 없었다. 자살 소동까지 벌이며 그녀를 찾았던 친모마저 한 번도 같은 편이라 생각한 적 없었다.

"넌 거절했지만 우린 이미 친구야. 같은 비밀을 공유한."

각기 다른 이유로 노예 시장에서 맞닥뜨렸다. 엿새 후에 어떤 식으로 변화가 생길지는 모르겠지만, 일단은 오늘 있었던 일들을 함구해야 하니 같은 비밀을 간직한 것은 사실이었다.

"나도 필요하면 증언 부탁해도 되지?"

"카셀이란 사람 말하는 거야?"

"응, 아무래도 좀 수상해서."

"좀이 아니라 많이 수상하더라. 감찰 대신? 지랄하고 자 빠졌네. 눈빛이 완전 미친놈이더만."

라나사가 갑자기 거친 욕설을 토해 냈다. 그에 바율이 놀 란 얼굴을 하자 그녀가 심드렁하게 대꾸했다.

"이게 원래 내 말투야. 나 욕 잘해. 십오 년을 보육원에 서 자랐는데 고상하고 얌전할 리가 없잖아? 왜, 마음에 안 드니?"

"아니, 그런 건 아닌데……."

"친구 하자며? 친구한테는 솔직한 모습을 보여 줘야지. 난 내 양부모처럼 가식 떨기 싫어."

외숙이면 완전한 남도 아닌데, 라나사의 눈에는 독기와 증오가 가득했다.

이 어린 소녀에게 그들은 대체 무슨 짓을 한 걸까?

바율은 새삼 가슴이 무거워졌다.

"그리고 바율 너가 모르는 것 같아서 말해 주는 건데, 내 가 운 건 아실 때문이야. 그 외 다른 이유로는 절대 울지 않 기로 나 자신과 맹세했거든."

눈물을 보이는 건 나약한 행위였다. 이제껏 살면서 울어 서 달라진 건 하나도 없었다.

"내가 사생아인 거? 그것도 때가 되면 내가 다 까발릴 거였어. 배때기에 욕심만 가득한 내 아비라는 작자가, 실은 내 외숙부라고. 엄마라는 사람은 열아홉 살 처녀 때 누군지도 모르는 사내놈이랑 붙어먹고 날 낳았다고. 당신들 모두 날 팔아서 한몫 단단히 챙기려는 수작질에 놀아나는 거라고. 식장에서 이렇게 소리치며 깽판을 치는 게 나의 원대한 목표였다면, 믿어 줄래?"

"너라면…… 너라면 진짜 그랬을 것 같네."

얼굴색 하나 안 변하고 말하는 라나사를 보고 있자니 바율은 진실로 그녀가 그러고도 남았을 것 같았다.

"그렇게 해야지만 날 놓아줄 사람들이거든. 쪽팔려서 어딘가에 숨어 버리고 싶어 할걸? 어쩌면 날 죽이겠다고 덤빌지도 모르지. 물론 난 도망칠 자신 있어. 어디로 가든, 이 딴 집구석에 미련 따위는 없으니까."

"그래도 네 어머니는 널 데려오려고 많이 노력하신 것 같은데……."

바율은 조심스럽게 그녀의 어머니 얘기를 꺼냈다. 라나사의 동공이 잠시 흔들렸다가 금세 제자리를 찾았다.

"…싫어."

"어?"

"난 그 여자가 제일 싫어."

할 줄 아는 거라고는 스스로의 목숨을 거는 것밖에 없었던 아둔한 여인이었다. 제 외모가 그런 그녀와 너무나 닮았다는 게 라나사는 끔찍이도 싫었다.

"세상에서 거짓말을 제일 잘하거든."

"거짓말이라니?"

"그날, 기차에서 너를 처음 만났던 날. 그때도 그랬어."

라나사가 피가 나도록 입술을 꽉 깨물었다.

"아버지를 만나게 해 주겠다고 해서 나간 건데…… 매년 반복되는 거짓말에 또 속았던 병신 같은 날이야."

"떠돌이 기사였을 거라고 하더니…… 어머니께선 네 아버지가 누군지 알고 계신 거야?"

"…아마도."

여태까지 파악한 제 어미는 아무하고나 정을 통할 만큼 개방적인 성격이 아니었다. 조용하고 차분하며 단정한 여인이다.

"떠돌이 기사라고 한 건, 내가 그냥 그렇게 믿고 싶어서…… 차라리 그게 나을 것 같아서 그렇게 말했어."

사실은 진실을 아는 게 두려웠다. 친부가 누구인지 궁금해질 때마다 라나사는 악몽을 꾼다.

이미 결혼한 유부남이 아니었을까?

혹은 유명한 바람둥이가 장난삼아 제 어미를 잠시 갖고

논 게 아니었을까?

그도 아니면 어느 집 망나니가 짐승만도 못한 짓을 저지른 것은 아닐까?

그렇다면 그 개자식을 내가 갈가리 찢어 죽여 버릴 텐데.

친부를 찾고 싶은 이면에는 오히려 지금이 나을지도 모른다는 모순적인 감정이 불쑥 솟아나곤 했다.

"정령사면 사람 찾는 것도 쉬운가?"

라나사는 충동적으로 물었다.

"내 엄마가 가슴에 누구를 품고 있는지…… 그런 건 알 수 없겠지?"

"미안하지만 독심술 같은 건 정령들이 하는 일이 아니야."

"피, 정령도 별거 없구나."

라나사가 소파에 등을 기대며 싱겁게 웃었다. 그런 그녀의 안색은 여전히 창백했지만, 처음보다는 확실히 나아지고 있었다.

라나사의 아버지란 분은 어떤 사람일까?

그녀의 물음에 바율도 따라서 괜스레 궁금해지는 밤이었다.

Chapter 3.
드래곤 슬레이어

1.

"야, 바율! 무슨 생각해!"

"…어?"

아카데미 내 광장의 한 귀퉁이에서 볕을 쬐며 앉아 있던 바율이 흠칫 놀라며 고개를 들었다. 한낮은 아직 불볕더위가 기승이지만, 시기상 가을로 접어든 캐링스턴은 이른 아침과 해가 지고 난 뒤로는 제법 선선해서 야외 활동을 하기에 제격이었다.

"우리 열흘 만에 재회한 거야. 안 보고 싶었냐?"

"개강 첫날부터 인사도 안 하고 뭐 하는 건데?"

에이단의 타박에 바율은 그제야 자신의 주변에 친구들이

속속 도착해 있음을 인지했다. 마치 바율을 취조라도 하듯 어느새 네 인영이 그를 둘러싼 채 마뜩잖은 눈초리로 내려 다보고 있었다.

"왜, 그새 마황이 사고라도 쳤어?"

"잠잠하면 그게 마족이겠냐? 내 이럴 줄 알았지. 쯧쯧!"

"바율, 말해 봐. 무슨 일이야?"

"미간에 주름 좀 펴고."

자신도 인상을 쓰고 있다는 걸 아는지 모르는지, 퀸이 마 음에 안 든다는 듯 손가락으로 바율의 눈 사이를 꾹 눌렀 다.

"아니야. 크리스 씨는 아무 문제 없어."

바율이 친구들이 온 것도 모르고 상념에 빠진 까닭은 어 젯밤 일을 곱씹느라 그랬다. 카셀이란 거물의 등장, 라나사 의 고백, 엿새 후에 접근할 노예 거래의 윗선까지. 실로 머 릿속이 터지지 않은 것이 다행일 정도였다.

"크리스 씨? 그게 누군데?"

"설마 마황 자식을 그렇게 부르는 거냐?"

상상만으로도 짜증이 치솟는지 일라이의 음성이 딱딱해 졌다.

"명목상 내 개인 교사로 있기로 했어. 크루델리스란 이 름이 좀 길어서 그렇게 줄여 부르기로 했고. 아, 생김새도 좀 바꿨어."

"그건 잘했네. 온통 허연 게 좀 괴기스럽긴 하더라."

마황을 떠올리자 소름이 돋은 듯 에이단이 '으으' 하며 고개를 저었다.

"근데 그 작자가 사고 친 게 아니면, 아침부터 왜 이러고 있는 거지?"

새 학기의 시작을 반기는 마음으로 아카데미의 정문을 넘어선 친구들의 첫 시선을 사로잡은 건 턱을 괸 채 심각한 표정을 한 바율이었다.

그리고 그런 녀석에게 다가가지는 못하고 힐긋거리며 숙덕거리고만 있는 재학생들 역시 눈에 밟히긴 마찬가지였다.

"혹시 드래곤 슬레이어라고 소문난 것 때문이야?"

"…드래곤 슬레이어? 설마 그 말도 안 되는 소문이 여기까지 난 거야?"

사다드 경이 귀띔을 해 주긴 했지만, 설마 캐링스턴에까지 이토록 빨리 번졌을 줄은 몰랐다.

"흐음, 이것도 아니란 말이지?"

자신만의 생각에 빠져 학생들이 저를 가지고 입방아를 찧고 있다는 걸 눈치조차 못 챘다. 타인의 시선에 예민하게 굴던 바율이 이런 상대리는 건, 어제까지의 시간들과 비교

할 수 없을 만큼 꽤 큰일이 벌어졌음을 시사하는 것이기도
했다.

"이 정도면 슬슬 걱정되기 시작하는데."

"템페스타지? 다른 녀석들이랑 같이 상급 정령 됐다고
난리 난 거 맞지?"

에이단이 과거에 자신이 그런 말을 하는 게 아니었다며
머리를 부여잡고 자책했다.

"에이단, 그런 거 아니야. 템페스타가 사고를 아주 안 친
건 아니지만, 그래도 그럭저럭 잘 지내고 있어. 상급 정령
이 된 게 그저 좋아서 그 말도 잊어버린 것 같아."

"진짜?"

"응, 그러니까 염려 마."

"휴우, 다행이다! 사실 녀석이 꽁해 있을까 봐 긴장하고
있었거든. 녀석, 상급 되더니 철든 모양이네."

그건 아닌 것 같지만, 바율은 굳이 지적하지 않고 넘어갔
다. 어차피 조만간 템페스타를 만나면 자연스럽게 알게 될
일이었다.

그러고 보니 그 녀석, 감시는 잘하고 있겠지?

녀석은 바율의 특명으로 카셀을 전담 관리하는 중이었
다. 아직 이렇다 할 보고가 없는 걸 보면 눈에 띌 만한 움직
임은 없었다는 것인데, 그런데도 바율은 카셀의 그 음흉한

회색빛 눈동자가 내내 마음에 걸렸다.

"아! 란데르트 공작가에서 어마어마한 발주를 했던데, 혹시 그거 때문인가?"

대답할 틈도 안 주고 계속 헛다리를 짚는 에이단을 보고 있자니 바율은 문득 웃음이 났다. 성질 급한 건 역시 알아 줘야 한다니까.

"그것도 아니야, 에이단. 너희 집에 발주를 넣은 건 영지 개발 때문이고, 내가 고민하는 건 그러다가 얽힌 노예 문제에 관해서야."

"그게 다 무슨 소리냐? 영지 개발? 노예 문제?"

어리둥절한 친구들에게 바율은 랑트를 온천 도시로 만들기로 했다는 것과 도르하의 노예 시장에서 있었던 사건에 대해 간략하게 털어놓았다.

"노예 경매? 아직도 그런 게 있단 말이야?"

"근데 거기서 카셀을 만났다고? 그 미치광이 마법사를?"

친구들은 예상대로 영지보다 노예 얘기에 펄쩍 뛰었다. 개중 로건은 그와 어울리지 않는 상스러운 말까지 입에 담았다.

"미치광이?"

그에 반해 에이단과 킨은 기별이린 지기 미법시린 깃도

지금 처음 듣는다는 듯한 반응이었다. 일라이는 마법학부 생답게 그의 존재를 알고는 있었지만, 말 그대로 그런 사람이 있다는 것만 알 뿐, 구체적으로 어떤 자인지는 전혀 알지 못했다. 아예 관심이 없다는 게 맞는 표현이었다.

"나도 직접 본 적은 없어. 사교 모임 같은 데는 잘 나오지 않거든."

"제 누이와는 엄청 다른가 보지?"

"생긴 것만 빼면."

"생긴 게 왜? 아, 잘생겼다는 거구나?"

끄덕.

로건은 그 덕에 많은 귀족 여성들이 그에게 목을 맨다는 말까지 덧붙였다.

"근데, 로건 넌 정작 사교계에 관심도 없으면서 그런 건 다 어디서 들었냐? 난 보이텍 후작의 장남이 마법사란 것도 몰랐는데."

"그러게. 너와는 접점이 없을 텐데?"

"작년부터 아버지와 가신들의 회의에 가끔 참석하고 있거든."

"오, 벌써부터 후계자 수업에 들어간 거야?"

"그렇다기보다…… 아버지께서 그렇게 명하셔서 하는 거지, 뭐."

"역시 장남은 다르네. 난 아직도 집에서 찬밥 신세인데."

새삼 자신의 처지가 한심하다는 듯 에이단이 비관적으로 중얼거렸다.

"지금 그게 중요하냐? 그래서, 카셀이란 놈이 뭐가 어쨌다는 건데?"

"외모도 외모지만, 어려서부터 두뇌가 천재적이었대. 한번 본 책은 달달 외우고, 누가 가르쳐 주지 않아도 마법 공식을 술술 풀었다고 하더라고. 아카데미도 따로 다닐 필요가 없을 정도로 똑똑해서 오히려 사람들에게 덜 알려졌던 거야. 대마법사로 불리기 시작하면서 작위도 받고, 관직에도 나갔지만 그는 여전히 그림자 같은 생활을 고수하고 있지."

"고작 그런 이유로 미치광이란 소릴 듣는다고?"

"마법사들은 원래 좀 다들 괴짜 같은 구석이 있지 않던가?"

"아니, 그런 말로는 부족해. 아버지 말씀에 의하면, 그는 인격에 장애가 있다고 하셨어."

"…인격 장애?"

그건 또 무슨 소리냐는 듯 친구들이 저마다 얼굴을 구겼다.

하지만 바율은 아니었다. 로건의 설명을 들으니 그제야 자신이 놓치고 있던 무언가를 알 것만 같은 기분이었다.

피식피식 웃고 있지만, 서늘하면서도 낯선 감정을 불러 일으키던 그의 눈동자가 떠오른다. 어딘지 정상인과는 다른, 삐딱한 느낌. 사람이라기보다는 차라리 짐승에 가깝다고 여겨지던 살기 어린 눈빛 등이 비로소 이해가 되었다.

"한마디로 제정신이 아니라는 거야. 여섯 살짜리 애가 칼로 사람의 살을 베는 느낌이 궁금해서 하녀 하나를 붙잡고 실험을 했대. 온몸이 피범벅이 된 채로 키득키득 웃어 가면서."

"…그건 정신병자 아니냐?"

"그런 셈이지. 보이텍 후작가에서 장남을 숨기려고 든 게 그때부터래. 생각해 봐. 이십 대 때 대마법사가 될 정도로 뛰어난 사람인데, 그에 비해 알려진 게 너무 없지 않아?"

"그러네. 후작 성격에 자랑을 너무 안 했네."

"마법사들의 기이한 성향을 들먹이며 아들의 장애를 은폐한 거지. 아버지 말씀이, 도당의 귀족들도 대개가 모르는 사실이라고 하셨어."

"잠깐. 설마 그 새끼, 노예를 사러 간 이유가 그런 가학적인 취미 때문인 건가?"

일라이의 추측에 아무도 대꾸하지 않았지만, 그럴 가능성이 농후하다는 건 이미 다들 짐작하고 있었다.

"그가 감찰 대신인 건 확실해?"

"응, 이언 경이 말했으니까 틀림없을 거야."

"황제라는 인간도 참 한심하군. 그런 놈에게 감찰 대신이라니."

퀸이 인간들이란 당최 모르겠다며 고개를 설레설레 저어댔다.

"황제의 처남에다가 감찰 대신이란 직위까지 있으니 빠져나갈 구멍은 천지로군. 잡아들일 방법이 전혀 없겠어."

"똑똑한 놈이라고 했으니 증거도 말살했겠지."

"템페스타가 감시하고 있는 걸 알고 있으니 지금으로선 딱히 허튼수작도 안 부릴 거고."

여러모로 골치 아픈 상대인 건 확실했다.

"그래서 아버지께 서찰을 보냈어. 나도 어떻게 해야 할지 잘 모르겠더라고."

"네 얼굴이 학기 첫날부터 왜 그렇게 죽상인가 싶었는데, 이제 이해가 간다. 그래도 바율, 너무 속상해하지 마. 네 덕분에 억울하게 잡혀간 사람들이 구출된 거잖아. 일단은 그거에 의의를 둬."

"그래. 지금 같은 얼굴은 너랑 어울리지 않는다고."

"우리 바율, 이제 다 컸네. 형님들 없이 그런 장한 일도 혼자 해내고. 뿌듯하다, 뿌듯해!"

일라이가 씨익 웃더니 바율의 머리칼을 마구 흐트러뜨렸다. 그러자 에이단이 '나도, 나도!' 하며 합세했다.

"너희가 왜 형님이냐? 정신 연령으로 따지면 바율이 너희보다는 한참 위에 있을 텐데."

일라이와 에이단의 갑작스러운 공격에 버둥거리는 바율을 퀸이 자신에게로 끌어당겼다. 그러곤 헝클어진 머리카락을 정성스레 다듬어 주었다.

"뭐야, 퀸! 너 말 다 했냐?"

"내가 산 세월이 얼만데 그딴 망발을 지껄여? 앙?"

흥분해서 덤벼들려는 두 녀석을 저지시키며 로건이 퀸에게 빨리 정리하라는 신호를 보냈다.

"너희는 아침부터 뭐가 그렇게 시끄럽니?"

제삼자의 목소리가 끼어든 것은 그때였다. 부산하던 움직임이 뚝 멈췄다. 그도 그럴 것이, 음성의 주인공이 다름 아닌 라나사였기 때문이다.

그녀가 언제 먼저 말을 붙였던 적이 있었던가?

라피트와 엮이지 않고서는 마주할 용건조차 없던 존재가 바로 그녀였다.

무려 아카데미에서 2학년 2학기를 보내고 있지만, 여태까지 라나사와의 대화는 손에 꼽았다. 그나마도 1학년 사절단으로 황궁 베르가라에 함께 갔을 때를 포함해 그 정도였다.

"얼굴 보니 걱정할 필요 없었네."

"…으응. 잠을 좀 설치긴 했지만 괜찮아. 넌 어때?"

"보다시피."

라나사가 특유의 냉소적인 표정으로 어깨를 으쓱였다.

"참. 어제 내가 깜박하고 말을 안 했는데, 그 새끼들 잡으러 갈 때 나도 데려가 줘."

"너도?"

"응, 아실한테 한 짓만 생각하면 이가 갈려서. 그놈들 뚝배기를 내 손으로 아작 내야 이 더러운 기분이 풀릴 것 같거든. 괜찮지?"

라나사가 험악한 말을 있는 대로 쏟아 낸 뒤 방긋 웃으며 산뜻하게 물었다.

어제의 긴 대화로 나름 적응했다고 생각했는데 착각이었던 모양이다. 당황한 바율은 물론이고, 옆의 친구들은 거의 경악에 서린 얼굴로 라나사를 쳐다보았다.

너 누구냐?

우리가 알던 그 라나사 맞나?

그런 그들의 모습을 잠시 고개를 갸웃하며 보던 라나사가 자기야말로 의아하다는 눈빛을 지었다.

"아직 말 안 했니?"

"어, 그게…… 말하면 안 되는 거 아니었어?"

"소문낼 필요는 없겠지만, 어제 일을 설명하려면 당연히 내 얘기도 했을 줄 알았는데. 너 의외로 입이 무겁구나?"

"…그 말은, 바율이 우리한테 뭔가 숨기고 있다는 거냐?"

바율, 이게 대체 무슨 상황이야?

어디 설명 좀 해 볼래?

가느다래진 친구들의 눈이 바율을 향했다. 당황한 바율이 이마를 만지며 어색하게 웃자 라나사가 피식거리며 말했다.

"내가 사생아인 거, 비밀로 해 주고 싶었나 봐?"

"……!"

"얘들한테는 말해도 되니까 괜히 머리 아프게 신경 쓰지 마. 난 폐 끼치는 친구가 되기는 싫거든."

"라나사……."

"아무튼, 나도 끼워 주는 걸로 알고 난 이만 수업 준비하러 갈게. 이따가 식당에서 보자."

라나사가 폭탄을 던지고는 유유히 사라졌다.

"방금 뭐냐?"

"쟤…… 말투가 왜 저래? 얼음 여신이 왜 갑자기 욕쟁이 할멈처럼 말하는 거지?"

"사생아는 또 뭔 소리야?"

"아니, 그보다 바율. 너 어제 라나사랑 같이 있었어? 라나사가 왜 네 걱정을 해?"

아아, 두통이 일 것만 같다.

몰아치는 친구들의 질문에 바율은 목덜미를 주무르며 어디부터 얘기해야 할지 또다시 고민에 휩싸였다. 기껏 라나사와 관계된 부분을 쏙 빼놓고 설명했건만, 그 노력이 수포가 되는 건 순식간이었다.

"언제 둘이 그렇게 친해진 건데?"

"우리 사이에 비밀이 존재했단 말이지? 어?"

"배신감 쩐다!"

"바율, 너 그렇게 안 봤는데……."

바율은 '아니, 이게 뭐라고 배신감까지 들먹여?' 하고 항변하고 싶었지만, 형형한 친구들의 눈빛 앞에서 차마 입이 떨어지지 않았다.

더 큰 오해로 번지기 전에 서둘러 라나사에게 들었던 대로 그녀의 사정에 대해 말할 수밖에 없었다. 이미 그녀가

'사생아' 라는 말까지 던지고 갔으니 바율로서도 별도리가
없었다.

잠시 후. 모든 이야기를 들은 친구들의 반응은 충격, 그
자체였다.

"헐…… 그게 사실이야?"

"라나사가 보육원에서 자랐다니, 나는 상상이 안 간다."

저 실력에, 저 기품에, 저 외모까지.

물론 조금 전에 살짝 충격을 받긴 했지만, 평소의 라나사
는 누가 봐도 영락없는 귀족 가문의 여식이었다.

얼음 여신 라나사에게 그런 상처가 있을 거라고는 꿈에
도 생각하지 못했다. 사생아란 이유로 버려졌다가, 쓸모에
의해 다시 거둬졌다니. 가여운 라나사의 처지에 친구들도
바율 못지않게 분노했다.

"보스트리지 남작인지 뭔지, 아주 쓰레기네."

"어떻게 자기 친조카한테 그럴 수가 있지? 완전한 남도
아닌데, 어떻게 그렇게 팔아먹으려 할 수가 있어?"

"친딸도 정략 결혼시키는 세상인데, 뭐."

그래도 그들은 최소한 부모의 사랑이라도 받았을 것이
다. 라나사가 그런 애정을 조금이라도 느꼈다면, 적어도 지
금보다는 행복하지 않았을까?

"공부랑 검술 연습에만 매진하기에 독한 계집애라고 속

으로 욕했었는데, 괜히 미안해지네. 그런 상황에서도 매번 학부 수석을 차지한 걸 보면…… 와! 라나사 진짜 대단하다!"

에이단은 진심으로 순수하게 감탄했다.

"동감. 이 정도면 우리가 진 거라고 봐."

시작부터 라나사에겐 불리한 조건이었다. 로건은 이미 멀어져서 보이지도 않는 라나사를 향해 본인의 패배를 시인했다.

"로건, 그건 자칫 잘못하다간 동정으로 받아들여질 수 있어. 라나사 앞에서는 말조심해라."

"아, 그런가?"

미처 거기까지는 염두에 두지 못했다. 로건은 고개를 끄덕이며 조심하겠노라 다짐했다.

"어릴 적 친구를 위해 위험도 마다하지 않고 경매장을 찾아가다니. 배짱 하나는 타고났군."

"그건 오히려 엄청 라나사답지 않냐? 난 그보다는 라나사의 우정에 관심이 쏠린다. 복수에 끼워 달라고까지 하는 걸 보니 굉장히 소중한 친구겠지?"

"에이단, 어째 너는 우리를 위해 그 정도는 못 할 거란 말로 들린다?"

"왜 말이 그쪽으로 튀어? 난 그저 라나사의 의리가 놀랍다는 거였는데."

변명하듯 대꾸하던 에이단이 돌연 바율을 획 돌아보았다.

"그나저나, 바율 너 조심해야겠다."

"조심하라니? 왜?"

"애 동생."

녀석이 로건을 턱짓으로 가리켰다.

"라피트가 라나사 좋아하잖아. 방학 전에 있었던 일, 까먹은 거 아니지?"

그걸 어떻게 잊을 수 있겠는가.

라나사에게 꽃을 선물하기 위해 로건을 사칭해서 돈을 빌렸다가, 그게 딱 걸리는 바람에 대낮에 먼지 나도록 두들겨 맞은 일화는 모두에게 깊이 각인되었다.

"자기에겐 철벽을 치는 라나사가 유독 너한테 친절하게 구는 걸 보았다. 오오, 위험하다. 위험해. 그 또라이가 어떻게 나올지 자못 기대가 되네."

입학한 지 이제 겨우 반년밖에 되지 않은 라피트지만, 이미 아카데미 내에선 신종 또라이로 유명세를 떨치고 있었다.

멀쩡한 허우대에 잘생긴 외모, 세이모어 백작가라는 듬직한 배경까지 지닌 탓에 입학 초기만 해도 여학생들의 시선을 제법 받았더랬다. 하지만 그 관심은 녀석의 계속되는 기이한 행보에 완전히 사그라지다 못해 이젠 다들 기피하는 현상까지 보였다.

일 년 먼저 진학해서 작년부터 쭉 아카데미의 최고 인기남 자리를 지키고 있는 친형 로건과 외모만 판박이일 뿐, 비슷한 구석이라곤 찾아보려야 찾아볼 수 없는 특이한 인간이 바로 라피트였다.

거기엔 등교 첫날부터 라나사에게 꽂혀서 다짜고짜 결투를 벌였던 사건도 한몫했다.

그런 라피트이니 어떤 반응을 보일지 좀처럼 짐작할 수 없다는 것이 에이단이 염려하는 부분이었다.

"에이, 별일 없을 거야."

라피트는 바율에게도 친동생이나 마찬가지였다. 남들은 어떨지 몰라도, 바율은 조금도 걱정되지 않았다.

"그리고, 지금은 그게 중요한 게 아니야. 노예 상인을 잡아들이는 게 더 시급한 문제거든."

"그 윗선 말이지?"

"그럼 주말에 도르하에 가 봐야 하는 건가?"

"응, 그들이 만나는 장소가 거기니까."

"나도 갈게."

퀸이 기다렸다는 듯이 합류를 자청했다.

"바율 널 혼자 보낼 순 없지."

로건 역시 빠질 수 없다며 주먹을 그러쥐었다. 노예라는 단어가 나왔을 때부터 그의 황금색 눈동자엔 내내 분노가 담겨 있었다.

"그깟 놈들 내 도움 없이도 충분히 잘 잡을 것 같지만, 능력 있는 테이머인 이 몸께서 빠지는 건 모양이 안 나겠지?"

에이단이 거만한 자태로 히죽거리며 웃었다.

"나는 빠질래."

그때 분위기에 찬물을 끼얹는 목소리가 튀어나왔다.

"그 반응은 또 뭐냐?"

당연히 일라이도 함께할 거라고 생각했기에 친구들의 눈이 동시에 커졌다.

"더 이상 마족들과 얽히고 싶지 않아."

"새삼스럽게 이제 와서 뭔 소리야."

"아무튼, 싫어. 놈들도 갈 거 아니야. 어차피 내 도움이 꼭 필요한 것도 아닐 테니, 난 빼 줘라."

"라이, 혹시 무슨 일 있었어?"

마황의 등장이 워낙 강렬했기에 세라리카를 잠시 잊고 있었다. 그녀는 무려 동족인 일라이를 죽이려고 했다. 그것도 아직 헤츨링인 녀석을 광룡 라노스의 아들이라는 이유만으로.

라예가르가 나타나서 세라리카를 겁박하지 않았더라면, 그녀는 절대로 스스로 물러나지 않았을 것이다.

그때 받은 충격이 적지 않았을 텐데, 시간이 부족해서 녀석을 제대로 보듬어 주지도 못했다는 게 바율은 이제야 떠올랐다.

늘 자신에 관한 얘기는 꺼리는 일라이라서 이제 와 꼬치꼬치 캐묻기도 애매하다. 드래곤 측에선 이 사태를 어떻게 해결하고 있는지 묻고 싶지만, 보아하니 왠지 답을 들을 수 있는 분위기도 아니었다.

"일은 무슨. 아무 일 없었어."

역시나 뭔지 몰라도 말하기 싫다는 뉘앙스가 풀풀 풍겼다.

뭐가 이렇게 다들 힘든 것일까.

"이 얘기는 차차 하기로 하고, 일단은 들어가자. 첫날부터 땡땡이를 칠 수는 없잖아."

분위기가 더 가라앉기 전에 에이단이 선수를 쳤다. 마침 시간도 그들의 편이 아니었다. 바율과 친구들은 서로의 눈치를 살피며 서둘러 강의실로 향했다.

2.

바율은 2학기 첫 수업부터 학생들과 교수들에게 달달 들 볶였다. 광장에서는 저들끼리 숙덕이기만 할 뿐 접근조차 않던 아이들이, 교수까지 가세하자 용기를 발휘해 가며 궁금증을 폭발시켰다.

몇 가지 질문을 간추려 보자면.

1. 드래곤 슬레이어가 된 기분이 어때?
2. 드래곤을 무찌른 걸 보니 정령이 드래곤보다 강한가 보지?
3. 드래곤을 눈앞에서 마주하는 건 어떤 느낌이야?
4. 무섭지는 않았니?
5. 잡은 드래곤은 어떻게 치웠어? 팔아넘겼어?
6. 다른 드래곤이 복수라도 하러 오면 어떡할 거야?
7. 당연히 대비는 하고 있겠지?
8. 그리고 이건 정말 사적인 질문이긴 한데, 란데르트 공작 전하와 네가 싸우면 누가 이겨?

마지막엔 이런 말도 안 되는 질문까지 퍼붓는 아이가 있었다. 아무리 바율이 아니라고, 오해라고 말을 해도 소용없었다.

뿌리 깊게 퍼진 소문 덕에 바율은 이미 미친 드래곤에게서 제국민들을 보호한, 다시없을 영웅이 되어 있었다.

그런 존재와 자신들이 아카데미 동급생이란 사실이 아이들에게 얼마나 영광스럽고 기쁜 일인지 현재의 바율로선 알 길이 없었다.

말도 상대가 들어 먹어야 통하는 것이다. 3교시까지 이런 일이 반복되자 바율은 이제 될 대로 되라는 심정이었다. 수업 진도는 안 나가고 온통 바율에 관한 이야기밖에 나누지 않았다.

오늘 하루만 참으면 되는 거겠지?

세라리카의 브레스를 막아 냈으니 아주 없는 이야기는 아니라는 생각마저 들고 있었다.

"바율! 바율!"

그래, 왜 네가 안 나타나나 했다. 바율이 겨우 자유를 찾아 식당을 찾았을 때, 남다른 발성을 자랑하며 슈빅이 달려왔다. 그런 녀석의 갈색 눈은 언제보다 반짝거리고 있었다.

뒤늦게 드는 생각이지만, 슈빅과 월요일 수업을 겹치지 않게 짠 스스로의 대견함에 바율은 무한한 칭찬을 해 주고 싶었다.

"어, 슈빅. 안녕."

수업 내내 시달림을 받았던 터라 바율도 모르게 인사가 기계적으로 나갔다. 그래도 슈빅은 나름 친한 친구이거늘 바로 미안한 마음이 든다. 하지만 바율을 보고 한껏 들뜬 나머지 슈빅은 그런 것은 전혀 알아차리지 못했다.

"바율 네가 캄브리아 강에서 블루 드래곤을 해치웠다면서? 난 네가 그렇게 강한지도 몰랐어! 넌 대체 왜 그런 티를 안 내는 거냐?"

"⋯뭐?"

"그만한 실력이 있었으면 진즉에 자랑도 좀 하고 그랬어야지! 그동안 자레드 눈꼴 시려서 어떻게 봐준 거야? 겸손한 것도 좋지만, 바율 넌 너무 지나쳐!"

그러니까, 지금 나⋯⋯ 잘난 척하지 않아서 혼나고 있는 건가?

드래곤이랑 어떻게 싸워서 이긴 거냐고 물어볼 줄 알았던 슈빅이 뚱딴지같은 소리만 늘어놓자 바율은 순간 어이가 없었다.

"그리고 무사해서 정말 다행이야. 내가 소문 듣고 얼마나 철렁했는지 알아?"

철썩!

느닷없이 슈빅이 바율의 등짝을 손바닥으로 내리쳤다.

"앗!"

제법 손이 매워 바율은 절로 외마디 소리가 터졌다.

"이건 나 걱정시킨 벌!"

이제는 벌까지 받는 거냐…….

친구들아, 너희는 대체 언제 오는 거니?

바율이 슈빅에게서 벗어나려면 그 수밖에 없다고 생각하는 찰나, 풍성한 생머리를 요요하게 흩날리며 라나사가 둘 사이에 섰다.

"왜 때려?"

"…뭐?"

라나사가 자신에게 말을 붙인 것도 식겁할 만한 마당에, 자신을 향해 보라색 눈을 치켜뜨며 따져 물었다. 슈빅은 그 순간 바보 같게도 가까이에서 본 그녀의 눈동자가 매우 신비하다는 생각에 사로잡혔다.

"바율 얘가 때릴 데가 어디 있니?"

"…어?"

"주먹 한 방이면 날아가게 생겼잖아. 그러다 다치면, 네가 책임질 거야?"

"아, 아니! 바율을 내가 어떻게 책임져?"

정신은 없지만 슈빅은 본능적으로 고개를 저었다. 바율은 그가 감당할 수 있는 부류가 아니었다.

"한 번만 더 이러는 거 내 눈에 띄어. 그땐 이 손이 네 옥수수를 털고 있을 테니까. 알겠니?"

라나사가 주먹을 위로 올리며 보란 듯이 입꼬리를 말아 올렸다. 분명 웃고 있지만, 등골까지 서늘해지는 기분이 드는 건 왜일까.

"어, 어! 다신 안 그럴게! 절대 안 그래!"

슈빅은 열렬하게 고개를 끄덕거리며 자신의 결심을 피력했다.

"이건 또 무슨 상황인 거냐?"

뒤늦게 식당에 도착한 바율의 친구들이 그 작태를 기가 찬다는 듯 구경했다.

3.

학생 식당에 이상한 기운이 감돌았다. 끼어 있을 리 없는 존재가 바율 무리에 함께하고 있었기 때문이다. 그것도 아주 태연한 자태로.

이질적이란 단어는 바로 이런 때 쓰라고 있는 말 같았다. 조금 전 라나사가 바율을 괴롭히던(?) 슈빅을 말 몇 마디로 제압하는 것을 본 학생 대다수가 깜짝 놀라 사레들린 기침을 토할 정도였다.

라나사는 작년에 아카데미 대표로 황궁을 방문했던 1학년 사절단 중 한 명이었다.

하나 그 이전은 물론 이후로도 그녀가 교내에서 바율 일행과 친분을 쌓는 모습을 목격한 바가 없다.

그렇다는 건 결국 지난여름에 무언가 일이 있었다는 것인데, 당시에 바율이 황제의 명으로 가국의 재난을 해결하고 왔다는 건 제국민이라면 다 아는 사실이었다. 그 와중에 드로우 후작가를 풍비박산 낸 것도.

한마디로 둘은 마주칠 구실조차 없었다는 뜻이다.

그런데 대체 언제 저렇게 가까워진 걸까?

라나사가 누구인가.

신비하리만치 아름다운 외모에 웬만한 남자는 가볍게 찜쪄 먹는 괴물 같은 실력을 갖춘, 어디서도 단연 눈에 띄는 인재 중의 인재였다.

비록 누구와도 가깝게 지내지 않는 성정 탓에 입학 이래로 줄곧 얼음 여신이란 별명을 차지하고 있지만, 여전히 그녀는 남학생들의 선망의 대상이었다.

라나사와 제발 한 번이라도 눈길을 맞추고 싶다는 이들이 줄을 이었고, 확인하는 즉시 쓰레기통으로 향하는 연서가 늘 사물함을 빼곡하게 채웠다.

재미있는 사실은, 단짝 친구도 없는 그녀가 남학생들에게 냉랭하게 구는 것과 달리 여학생들에겐 곧잘 친절을 베풀어서 외려 동성에게 더 인기가 많다는 점이었다.

그래도 점심시간에는 특별한 경우가 아니고서야 항상 홀로 먹던 라나사다. 그녀가 빠르게 식사를 마치고 도서관이나 연무장으로 향하는 걸 많은 이들이 작년부터 빼놓지 않고 보아 왔다.

그랬던 그녀가 왜 저기에 있단 말인가!

라나사가 어떤 무리에 들어간 것 자체도 신기한 일이거늘, 하필 그 일당이 아카데미 내에서 태풍을 몰고 다니는 녀석들이기에 다들 그 묘한 조합을 주시할 수밖에 없었다.

머리로는 라나사나 되니 저들과 걸맞다고 여기면서도, 한편으로는 질투심이 샘솟았다. 놀랍게도 그것은 남녀를 막론하고 모두에게 나타나는 현상이었다.

근데 왜 저렇게 잘 어울려?

짜증 나게!

누구도 감히 그런 말을 내뱉지는 않았지만, 경악한 이면에는 그러한 심정이 깔려 있었다. 현재 자신들의 입으로 들어가는 게 고기인지 빵인지 헷갈릴 정도로 미각을 잃어버릴 만한 사건이었다.

남들이 그러거나 말거나 당사자인 라나사는 가져온 식판

을 가지런히 앞에 두고 우아하게 식사 중이었다.

"역시 대단해. 이 와중에 밥이 넘어가다니."

에이단이 라나사를 향해 주저 없이 엄지손가락을 세웠다.

그들이 도란도란 앉아 있는 탁자에는 오로지 여섯 명뿐이었다. 열 명이 함께 식사할 수 있는 자리임에도 말이다. 슈빅은 라나사의 협박에 겁을 먹고 정보통이란 자존심도 내던지고 진즉에 내빼었다.

"그건 너희도 마찬가지인 것 같은데."

라나사의 차가운 대꾸에 에이단은 달리 반박할 말이 없었다. 실제로 다들 잘 먹고 있었기 때문이다. 바율만 빼고.

"오늘 음식이 입에 안 맞니?"

라나사가 물끄러미 쳐다보며 묻자 바율은 차마 너 때문이라고 말할 수 없어 그저 웃어 보였다.

"머리가 나쁜 편은 아니라고 알고 있는데."

묵묵히 식사를 하던 퀸이 퉁명스레 끼어든 것은 그때였다. 라나사의 딱한 처지를 듣긴 했지만, 퀸에겐 어디까지나 사연 있는 이들 중 하나일 뿐. 그게 다였다.

그녀가 갑자기 자신들의 무리에 들어온 것도, 그 때문에 바율이 남들 시선을 의식하느라 식사를 하는 둥 마는 둥 하는 것도 그는 퍽이나 마음에 들지 않았다.

"바율, 내가 불편하니?"

"…어?"

"슈빅 때문에 곤경에 처한 것 같아서 도와준 김에 같이 밥이나 먹으면 되겠다 싶었어. 혹시 내가 널 힘들게 한 거라면 앞으로는 그러지 않을게."

바율은 예상치 못한 라나사의 말에 서둘러 손을 휘휘 내저었다.

"아니야, 혼자 먹는 것보다는 여럿이 먹는 게 더 맛있잖아. 좀 놀란 건 사실이지만, 괜찮아. 금방 익숙해질 거야."

"슈빅이 또 귀찮게 군 모양이지?"

그들이 도착한 순간 녀석이 꽁지 빠지게 도망친 탓에, 친구들은 무슨 일이 있었는지 전혀 알지 못했다. 물으나 마나 뻔한 상황이었을 테지만, 라나사의 입에서 '곤경'이란 말이 나온 게 신경 쓰였다.

"혼자 바율에게 막 잔소리를 하더니, 갑자기 등짝을 갈기던데?"

"뭐? 등을 갈겨?"

"슈빅이 바율을 때렸단 말이야?"

"걔가 좀 시끄럽긴 해도 다짜고짜 그럴 만한 녀석은 아닌데, 대체 무슨 일이야?"

친구들의 표정이 험악해지자 바율은 진정하라며 얼른 덧

붙였다.

"그런 거 아니니까 오해하지 마. 아프라고 때린 게 아니라, 내가 자기를 걱정시켰다면서 그냥 장난처럼 살짝 친 거야. 드래곤과 싸웠던 일 때문에."

"살짝이 아니던데?"

"라나사……."

"아얏, 하고 비명도 질렀잖아. 그러니까 내가 안 되겠다 싶어서 나선 거지."

바율의 해명에 라나사가 과했다고 여기던 친구들의 눈길이 다시금 바율에게로 쏘아졌다.

"정말 괜찮은 거야?"

옆에 앉아 있던 퀸이 바율을 바라보며 물었다. 별다른 놀라움이나 분노 같은 기색은 드러내지 않았지만, 그의 눈빛에는 바율을 향한 걱정이 한껏 담겨 있었다.

"응, 퀸. 나 진짜 괜찮아."

신성력 치료를 멈추고 나서는 바율도 이제는 보통의 십대와 엇비슷한 체력을 갖게 되었다. 데스와의 친화력 때문인지 오히려 흔한 감기 한 번 걸리지 않았다.

그런데도 친구들에게는 여전히 바율이 툭하면 기절하던 녀석으로 인식이 되어 있는가 보다. 장난으로 등 한 번 맞은 것 정도로 이제 될 리기 없다는 것을 알면서도 지리들

들썩이는 걸 보면.

그런 친구들의 마음이야 당연히 고맙지만, 가끔은 너무 과잉보호가 아닌가 싶기도 하다.

사실 그건 바율의 변하지 않은 외모 때문이기도 했다.

정령사로 이름을 떨치고는 있지만, 그는 기사들처럼 육체를 단련하거나 호신술 따위를 배우지 않았다. 유일한 체육 활동이라고는 승마 정도였다.

안색은 나아졌을지언정 마른 몸에 허여멀건 피부가 보호 본능을 자극한다는 걸 바율은 미처 짐작하지 못했다.

"넌 너무 물러 터졌어."

라나사가 돌연 바율에게 독설을 날렸다.

"야, 너 말이 너무 심한 거 아니냐?"

에이단이 노려보았으나 라나사는 대수롭지 않게 입안의 음식을 오물오물 씹어 넘기며 말했다.

"너희도 그걸 아니까 그렇게 싸고도는 거잖아. 바율이 오늘 하루 동안 얼마나 시달렸겠니? 이런 날에는 더 일찌감치 와서 챙겼어야지. 나 아니었으면 지금쯤 수십 명들에게 둘러싸여서 비지땀 흘리느라 밥도 제대로 못 먹었을 거다."

"그래서, 지금 생색내는 거냐?"

"친구끼리 생색은 무슨."

라나사는 으쓱하고는 작은 한숨을 터뜨렸다.

"난 그저 바율이 날 도왔던 것처럼 이 녀석을 도왔을 뿐이야. 다른 의미를 둘 필요는 없어. 바율은 뭐랄까. 엄청 대단한데 스스로가 그걸 자각하지 못하는 면이 좀 있잖아?"

"제대로 파악하고 있네."

일라이는 순간적으로 손뼉이라도 칠 뻔했다.

"아무튼, 오늘은 예외적인 경우야. 앞으로는 평소처럼 혼자 먹을 거니까 오늘만 참아."

"꼭 안 그래도 되는데. 앞으로도 종종 같이 먹자. 그리고 혹시 오늘 나 때문에 귀찮았다면……."

"안 귀찮았어."

바율의 말을 무 자르듯 툭 자르며 라나사가 아무렇지도 않게 식사를 속개했다.

바율이 대꾸할 말을 찾지 못해 머뭇거리고 있는데, 별안간 비어 있던 라나사의 맞은편 의자가 밀려나며 누군가 앉았다.

"라피트!"

오랜만에 만나는 녀석의 등장에 바율은 잠시 상황도 잊고 반갑게 인사했다.

"방학 동안 잘 지냈어? 아버지께 많이 혼나지는 않은 거지?"

"바율 형, 그 얘기는 나중에."

라피트의 시선은 시종일관 라나사에게 박혀 있었다.

"선배, 어떻게 지내셨어요? 못 본 사이에 더 예뻐지신 것 같은데, 설마 남자 친구 생긴 건 아니죠?"

식판에서 수프를 한 움큼 떠먹으며 라피트가 생글생글 웃었다. 몇 달 만에 좋아하는 상대를 만났으니 그 기분이 오죽하겠는가.

라피트의 반응에 대한 에이단의 기대는 보기 좋게 빗나 갔다. 원래부터가 예민한 구석이라곤 전혀 찾아볼 수 없는 녀석인지라, 라나사가 왜 여기에 있는지보다 자신이 찾기 쉽게 이 자리에 있다는 것에 더 큰 희열을 느끼고 있었다. 한마디로 라나사 외에는 아무 생각이 없다는 게 맞았다.

"너 내가 내 눈앞에 얼씬거리지 말랬지?"

"네, 그랬죠."

"근데 지금 이거 뭔데?"

"좋아하지 말라고는 안 하셨잖아요."

"뭐야?"

"그리고 전 형 따라온 거예요. 오랜만에 만난 형 친구들 에게 인사도 할 겸."

라피트는 변명과 달리 매우 성의 없는 태도로 '형들 안녕 하세요', '방학은 심심하게 잘들 보내셨죠?', '형한테 얼추

듣긴 했어요' 하며 대충 인사를 끝냈다.

"어라? 선배도 새우 싫어하세요?"

그러던 녀석이 라나사의 식판에서 한쪽으로 골라낸 새우를 발견하고 호들갑을 떨었다.

캐링스턴은 항구 도시이다 보니 식단에 해산물 요리가 빠지지 않고 올라왔다. 오늘은 새우가 들어간 토마토 스튜가 주요리였다.

"내가 편식 같은 걸 할 리가."

보육원에서 생활할 땐 매일 밤마다 허기와 싸워야 했다. 라나사가 자조하며 덧붙였다.

"알레르기야."

"알레르기요? 진짜?"

라피트가 눈이 휘둥그레져서는 로건을 돌아보았다.

"우리 형이랑 똑같네요?"

그제야 친구들의 시야에 라나사와 똑같이 새우를 건져 낸 로건의 식판이 들어왔다.

"우리 형도 새우 알레르기가 있거든요. 저거 먹으면 입술이 막 부르터서 엄청 웃겨요!"

아무도 궁금해하지 않는 이야기를 늘어놓으며 라피트가 키득거렸다.

"선배에게 이런 귀여운 면이 있을 줄이야."

방금 전 친형을 실컷 비웃더니 라나사는 귀엽단다. 이런 게 바로 눈에 콩깍지가 씌었다고 하는 거겠지?

"헤헤, 저는 참고로 새우를 참 좋아한답니다. 없어서 못 먹죠."

그러더니 녀석이 라나사의 식판에서 허락도 없이 새우를 가져다가 자신의 입속으로 넣었다.

바율은 긴장하지 않을 수 없었다. 그건 친구들도 마찬가지였다.

라나사가 최소 식판을 던져 버리거나, 탁자를 그대로 엎어 버릴지도 모른다고 다들 생각했다.

하지만 그 비슷한 일은커녕 놀라운 상황이 벌어졌다.

"그러니? 안 그래도 귀한 음식을 낭비하게 돼서 좀 그랬는데, 잘됐다. 너 다 먹어."

그러고는 친절하게 남은 새우를 라피트에게 전부 넘겨주는 것이 아닌가?

15년이란 세월을 보육원에서 자라며 음식의 소중함을 깨우친 라나사이기에 라피트가 처음으로 쓸모 있게 보였다.

"감사합니다, 선배. 형, 형 것도 얼른 줘."

집에서도 늘 로건의 몫은 라피트의 차지였다. 녀석이 재빠르게 새우를 가져와 열심히 씹어 댔다.

"아 참. 형들은 신전에 가 봤어요?"

"신전?"

"네. 신전 외벽에 새롭게 벽화가 새겨졌던데, 아직 못 보신 모양이네요."

"네가 신전의 벽화에 관심을 가질 만한 애는 아니었던 것 같은데?"

로건의 날카로운 지적에 라피트가 빵 조각을 뜯으며 '그건 그렇지' 하더니 바율을 응시했다.

"근데, 그 벽화에 그려진 게 꼭 바율 형 같단 말이지."

"…뭐?"

"내가 형이랑 친해서 괜히 그렇게 보이는 건가?"

불길한 예감에 바율의 심장이 마구 요동쳤다. 그걸 조금도 알 리 없는 라피트는 새우를 포크로 찍곤 라나사를 보며 환하게 미소 지었다.

2학기의 시작이 순조로운 게, 앞으로 좋은 일이 일어날 것만 같은 예감이 든 라피트였다.

Chapter 4.
신전 벽화

1.

"…응? 뭐지?"

무슨 맛인지도 모른 채 남은 식사를 입에 욱여넣고 급히 식당을 나서던 참이었다. 바율은 문득 뒤통수를 때리는 듯한 서늘한 느낌에 뒤를 돌아보았다. 점심시간 내내 아이들의 시선을 받기는 했지만, 지금처럼 오싹한 기분이 드는 것은 처음이었다.

'잘못 느낀 건가?'

바율이 돌아선 순간 마치 거짓말처럼 기운이 사라졌다. 실내를 둘러봐도 별달리 특이할 게 없었다. 애초에 자세히 살펴보기엔 식당 안이 너무 넓기도 했다. 그리고 현재 바율에겐 더욱 시급한 사안이 있었다.

"바율, 뭐 해? 안 가?"

"어, 가야지."

바율은 애써 꺼림칙한 감정을 떨쳐 버리고 서둘러 신전으로 향했다.

라나사와 라피트는 식당 입구에서 헤어졌고, 다섯 친구만이 거의 달리다시피 해서 문제의 장소에 도착했다. 그리고 그들은 약속이라도 한 듯 다 함께 침묵할 수밖에 없었다.

지금 바율과 친구들이 있는 곳은, 절망의 신전에 들어가기 위해선 꼭 지나쳐야 하는 길목의 거대한 벽면 앞이었다. 그곳에는 정말로 라피트의 말마따나 바율이 그려져 있었다. 그것도 엄청나게 크게.

"누가 그렸는지 모르겠지만."

"딱 너네."

"너무나 사실적이라서."

"뭐라 반박할 말이 없다."

에이단과 일라이가 만담이라도 하듯 짧은 소감을 주고받았다.

"…그 옆은 리타인가?"

긴 머리를 가지런하게 땋아 내린 모습이, 틀림없는 리타였다.

"이 사제님들, 어쩌려고 리타까지 건드려…….."

바율은 둘째 문제였다. 이게 데스의 귀에 들어간다면 사달이 나도 아주 크게 날 게 분명하다. 데스에겐 바율과 달리 이성이란 게 부족했다. 특히나 리타와 관계된 일에서는 더더욱.

"그래도 양심은 있었나 봐. 안경은 안 씌웠네. 저런다고 누가 못 알아보나 싶긴 하다만."

벽화 속 리타는 눈을 감고 두 손을 모은 채 기도를 올리고 있었다. 그런 그녀의 주위로 황금빛 광채가 넘실거렸다. 아마도 리타가 가진 치유 능력을 표현한 것 같았다.

바율은 눈을 한 번 질끈 감았다가 다시 떠 보았다. 혹시나 이 모든 것이 자신의 꿈은 아닐까, 하는 얄팍한 기대를 품고서.

하지만 여전히 달라지는 건 없었다. 리타와 함께 벽면 전체를 차지하고 있는 자신의 얼굴을 차마 더는 볼 수 없어서 바율은 고개를 돌리고 말았다.

"근데 바율. 네가 준비될 때까지, 당분간 비밀에 부치기로 한 거 아니었나?"

"…그랬지."

"와, 그럼 사제님들이 한 입으로 두말하신 거야? 완전 배신 때린신 서네?"

"아마 어쩔 수 없는 선택이었을 거야."

어떤 상황에서도 바율의 편을 들던 로건이 어째선지 착잡한 눈빛으로 말을 이었다.

"이미 절망의 신이 신탁을 내렸다는 소문이 널리 퍼진 상태야. 신도 수도 많이 늘어났겠지."

"그런데?"

"신도들이 신전에 오면 뭘 해. 정작 사실대로 말하고 보여 줄 수 있는 건 없잖아. 사제님들 입장에선 당장이라도 바율에 대해 공표하고 싶은 심정이셨을 텐데, 약속한 게 있으니 차마 그러실 순 없었겠지."

"그래서 택한 게 이런 벽화다? 직접적인 언급이 없으니 약속을 어긴 것도 아니고?"

"물론 이게 옳다는 소리는 아니야. 다만 난 신전의 처지가 조금은 이해가 된다는 거지."

갓 들어온 신입 신도들의 마음을 흔들고 이탈을 방지하기 위해서 필요한, 일종의 응급 처방인 셈이었다.

"그래도 이건 안 돼."

가뜩이나 드래곤 슬레이어란 오해까지 받고 있는데, 이 벽화까지 알려지면 또 어떤 소문이 돌지 몰랐다.

이제 막 새 학기가 시작되었으니만큼 바율은 그저 학업에만 전념하고 싶었다. 주말에는 도르하에 가서 노예 상인까지 처리해야 할 정도로 바쁜 몸이다.

게다가 조금 더 멀리 생각해 보면 중간고사가 끝나고 곧 가을 축제가 열린다. 이번에는 또 얼마나 많은 사람이 아카데미를 방문하려나.

예측하건대 작년보다 더하면 더했지, 결코 덜하지 않을 것이다. 아버지께서 오신다는 게 소문이라도 나면 그 수는 기하급수적으로 늘어날 것이 자명했다.

이렇듯 바쁘고 정신없는 때에, 마음을 심란하게 하는 신전과는 더 이상 얽히고 싶지 않은 게 바율의 솔직한 심정이었다.

'없어졌으면 좋겠어.'

벽화를 올려다보는 바율의 눈망울에 원망이 스몄다. 학기 첫날이니 아직 본 아이들이 많이 없을 것이다. 그 전에 싹 지워 버리고 싶다는 충동이 일었다. 증거 인멸이라도 하듯이.

그런 바율의 바람이 닿은 것일까.

"어? 어어!"

"벽화가 지워지고 있는데?"

별안간 예고도 없이 벽화가 사라지고 있었다. 벽면의 한 귀퉁이에서 시작된 볼록한 움직임이 어느덧 전체를 통째로 덮어 버렸다. 그 움직임이 지나가고 난 자리에는 이전처럼 시커먼 석벽이 본래의 존재감을 뽐내고 있었다.

"셰, 셰임!"

바율은 금방 누구의 짓인지 알아차렸다. 그의 거북한 속내를 읽고 셰임이 직접 나서 준 것이다.

하급 정령일 때나 지금이나 바율의 심리를 귀신같이 알아내서 돕는 것은 셰임의 특기라면 특기였다.

"아, 셰임이구나?"

"역시 바율 생각하는 건 셰임밖에 없다니까."

"근데 사제님들 모르게 이렇게 막 지워도 되는 건가?"

"그쪽도 당사자 허락 없이 멋대로 군 건 마찬가지잖아. 미안해할 필요 없어."

잠시 당황했던 바율은 퀸의 말을 듣곤 대차게 고개를 끄덕였다.

"맞아. 이번엔 나도 어쩔 수가 없었어."

시끄러운 일은 미연에 방지하는 것이 여러모로 이득이었다.

"너희들은 그만 수업 준비하러 가도록 해."

바율은 결심을 굳히고 친구들을 돌아보았다.

"넌 뭐 하려고?"

"신전에 설명은 해야 하잖아."

공들여 그린 벽화가 한순간에 뚝딱 사라졌다. 신전 측에서 먼저 발견하기 전에 직접 해명을 하는 편이 나을 것이다. 사제님들이 어떤 식으로 나올지 살짝 걱정은 되지만, 바율은 물러설 생각이 없었다.

"우리도 같이 가 줄게."

"아니야. 이쯤은 나 혼자서도 할 수 있어."

데스가 신탁을 내린 이후로 사제들은 말끝마다 바율에게 '님'을 붙이며 존칭하고 있었다. 그럴 때마다 바율은 어디론가 숨어 버리고 싶을 만큼 창피한 기분을 느꼈다. 친구들이 없는 게 오히려 그를 도와주는 격이었다.

"바율, 요새 너 너무 혼자서 다 하려는 것 같다?"

그것이 못내 서운했는지 에이단이 돌연 눈을 흘겼다.

"이러다 아주 우리 품에서 훨훨 날아가시겠어?"

"바율이 무슨 나비라도 되냐? 훨훨 날아가긴 뭘 날아가."

"헛소리 그만하고 얼른 가자. 점심시간 얼마 안 남았어."

퀸의 핀잔에 이어 일라이가 에이단의 어깨에 팔을 걸고는 대화를 중지시켰다.

"바율, 늦지 않게 와."

"응, 퀸. 염려 마."

"그럼 먼저 가 볼게."

"그래, 로건. 저녁에 봐."

함께 가겠다고 끝까지 고집을 피우지 않아서 다행이었다. 바율은 강의실로 발길을 돌리는 친구들에게 부러 보란 듯이 웃으며 손을 흔들었다. 그러곤 자신도 곧 신전의 정문을 향해 씩씩한 걸음을 옮겼다.

"응?"

그때 어디에선가 또다시 뒤통수에 따가운 시선이 와 닿았다. 분명 식당을 나설 때와 같은 느낌이었다.

획!

바율은 재빨리 주변을 휘둘러보았다. 멀리 지나는 아이들이 몇 명 정도 있었지만, 식당에서처럼 많지는 않았다.

하지만 이번에도 시선의 주인공을 찾기란 어려웠다. 숨바꼭질에 재능이라도 있는 건지, 순식간에 자취를 감추었기 때문이다.

'착각이 아니었어.'

이로써 확실해지긴 했다. 이유는 모르겠으나, 2학년 2학기 첫날부터 누군가 자신을 지켜보고 있었다.

누구일까?

마음만 먹으면 당장 찾아낼 수도 있을 것 같지만, 바율은 굳이 조급하게 생각하지 않고 일단 기다려 보기로 했다.

용건이 있으면 언젠가는 찾아오겠지.

지금은 우선 신전의 벽화에 관해 사제님들과 이야기를

나누는 문제가 더 시급했다.

2.

"안녕, 얘들아!"

4교시는 로티어스 교수님의 역사 수업이었다. 그는 오랜만에 만나도 한결같이 변한 게 없었다. 여전히 대충 손질한 머리에 턱에는 수염이 거칠하게 돋아 있고, 옷차림 역시 구김이 많았다. 진한 담배 향이 풍기는 것도 그대로였다.

"방학은 잘 보냈겠지?"

로티어스 교수가 보통의 어른답지 않게 해맑은 미소를 지으며 제자들을 쭉 둘러보았다. 그러다 자연스럽게 바율과 눈길이 마주쳤고, 그 순간 그의 입가가 악동처럼 말려 올라갔다.

'설마 또?'

바율은 본능적으로 고개를 저었다.

'그러지 마세요, 교수님. 교수님까지 그러시는 거 아닙니다. 제가 교수님 비밀도 지켜 드렸잖아요. 가는 게 있으면 오는 것도 있어야 하는 것 아닙니까? 제발 저 좀 가만히 놓아주세요.'

생각을 뇌로 전달할 방법이 있었다면 백 번이라도 했을 것이다. 바율은 애원을 담아 로티어스 교수에게 사정했다.

그러나 모름지기 로티어스 교수는 원래가 호기심이 많은 편이었고, 궁금한 것은 참지 못하는 성미였다. 그리고 상당 부분이 제멋대로이기도 했다.

황족으로 태어나 아카데미에서 교수를 하고 있다는 것 자체가 그의 엉뚱함을 증명하고 있었다.

"이야, 드래곤 슬레이어께서 내 수업에 참관하고 계셨 네? 그렇다면 우리 어디 한 번, 그 대단한 무용담을 들어 볼까나?"

그 순간, 왜였을까.

"넌 너무 물러 터졌어."

조금 전 식당에서 라나사가 했던 말이 바율의 머릿속을 강타했다. 그 말을 내뱉은 다음에는, 그래서 친구들이 자신 을 싸고도는 거라고도 했었지.

오전 수업 시간 내내 진땀을 흘리며 곤란해하던 자신의 처지가 떠오르자 바율은 불쑥 짜증이 났다.

평생 이렇게 지낼 수는 없다. 자신이 끊어 내지 않으면 언제고 또 지금과 비슷한 상황은 계속 닥칠 것이다.

그런 생각이 들자 바율의 입에서 저도 모르게 단호하면서도 강한 말투가 튀어 나갔다.

"특별히 드릴 말씀 없습니다."

"…그래?"

로티어스 교수는 조금 전까지만 해도 흔들리던 바율의 눈동자가 침착해진 것을 단박에 눈치챘다. 하지만 학우들은 그렇지가 못했다.

"에이, 바율! 그러지 말고 썰 하나만 풀어 주라! 궁금해서 어젯밤에 잠도 못 잤어!"

"친구 좋다는 게 뭐냐? 나도 집에 가서 네 자랑 좀 해 보자!"

엄청난 배경을 가졌지만, 바율은 지금껏 단 한 번도 그런 것을 내세우며 친구들을 대한 적이 없었다. 그래서인지 다들 조심을 하다가도 가끔 이렇게 스스럼없이 물어 올 때가 있었다. 그 점은 바율의 유한 성격 탓도 단단히 한몫했을 터였다.

"폐하의 명을 수행하는 도중에 벌어진 일이라서요. 함부로 털어놓을 수 없는 점 양해 부탁드립니다."

강의실에 고요한 적막이 내려앉았다. 모두의 입을 닫게 할 계획이었다면 완벽한 성공이었다.

바율이 '폐하'라는 단어를 입에 올린 순간, 아이들은 물론 로티어스 교수 또한 더는 물을 수가 없었다.

'녀석. 일 년 사이에 약아졌네.'

그것이 싫지 않았는지, 로티어스 교수가 피식 웃으며 두꺼운 역사서를 펼쳤다.

Chapter 5.

어려운 결정

1.

쏴아아—

해밀턴에 오랜만에 비가 내렸다. 더위를 씻겨 주는 시원한 여름비였다. 작년까지만 하더라도 비라면 진절머리가 났었는데, 이제는 반가운 마음이 먼저 든다.

보석 사인방을 거느리고 산책을 나섰다가 돌아오는 길에 온몸이 흠뻑 젖은 란데르트 공작이지만, 그의 눈가에는 미미한 웃음기가 어렸다.

"이제 오십니까."

그가 현관에서 빗물을 털어 내고 있을 때, 단정하면서도 힘 있는 목소리가 들려왔다.

"컹! 컹컹!"

"이 녀석들아, 발바닥부터 닦아야지!"

다가오는 헤이즈를 발견하고 날뛰는 보석 사인방에게 공작이 짐짓 엄하게 야단하자 녀석들이 언제 그랬냐는 듯 바닥에 궁둥이를 붙이고 얌전을 떨었다.

"이제 제법 말귀를 알아듣는 모양입니다."

헤이즈가 보석 사인방을 다정한 눈빛으로 내려다보며 녀석들의 머리를 차례대로 쓰다듬었다.

"이놈들도 밥값은 해야지. 커닝."

공작의 부름에 대기하고 있던 커닝 집사가 수건을 건네었다.

"제가 하겠습니다."

"또 그 소리."

란데르트 공작은 어림없다며 직접 몸을 굽혀서 보석 사인방의 발을 닦아 주었다. 그 옆에서 커닝 집사가 안절부절 못하며 서성거렸지만, 그는 끝내 주인의 의지를 꺾지 못했다.

"다 되었다. 이제 가 보거라."

"컹!"

"컹컹컹!"

공작의 명이 떨어지기가 무섭게 녀석들이 달려 나갔다.

그 방향의 끝은 고소한 냄새가 풍겨 오는 주방이었다.

"영주님께서 매번 이러시면 저만 곤란합니다. 차라리 그냥 두십시오. 청소를 한 번 더 하는 게 오히려 낫겠습니다."

"불필요한 행위일세."

"하오나 영주님……."

"가지."

커닝 집사의 볼멘소리를 한 귀로 흘리며 공직이 헤이즈에게 집무실로 가자며 눈짓했다. 그녀가 주군의 뒤를 따르며 살짝 뒤를 돌아보자, 고개를 떨어뜨린 채 한숨짓는 커닝 집사의 모습이 보였다.

'훗.'

그것이 못내 웃겨 헤이즈는 웃음을 꾹 참아야만 했다.

'아무튼, 우리 단장님. 아랫사람들 괴롭히시는 방법도 아주 다양하십니다.'

"베르가라에서 새로운 소식이라도 있나 보지?"

집무실의 문이 닫히자마자 란데르트 공작이 물었다. 헤이즈는 잡생각을 떨치며 본연의 목적으로 돌아왔다.

"네, 공작 전하. 드로우 후작에 관한 판결이 곧 나올 것 같습니다."

"그래서 날 보고 오라는 것이군."

"그렇습니다."

마나석을 빼돌린 드로우 후작의 만행은 그간 제국에서 유례없던 일이었다. 그래서인지 재판이 마무리되기도 전에 그의 가문은 재산이 몰수되었고, 그의 작위 역시 반납되었다.

다만 지금까지 제국을 위해 쌓아 왔던 공이 있기에, 처벌을 어느 정도로 내려야 할 것인가가 금번 재판의 관건이었다.

조사를 통해 드러난 후작의 부정행위가 너무나 방만하여 도당의 귀족들은 숨죽이기에 급급했다. 화살이 언제 자신들에게로 날아올지 모른다는 공포감은 절로 그들을 움츠러들게 했다.

"랑트에서 돌아온 지 이틀밖에 되지 않았는데, 성가시군."

중요한 판결이니만큼 제국의 최고 사령관인 공작이 곁에 있어 주길 바라는 것이 황제의 솔직한 마음이었다. 더욱이 드로우 후작가의 위법을 밝혀낸 이가 바로 그의 아들인 바율이었다. 혹시 모를 반발을 대비하기 위해서라도 그의 황궁 행은 필수였다.

"혹 피곤하신 겁니까?"

그럴 리가 없다는 걸 알면서도 헤이즈는 수하로서 묻지 않을 수 없었다.

"날 걱정하는 기색은 전혀 느껴지지 않는군."

"예?"

"황태자 전하가 그리도 보고 싶은가?"

"그, 그게 무슨……!"

헤이즈의 얼굴이 홍당무처럼 순식간에 벌게졌다. 공작이 이런 식으로 황태자를 언급했던 적이 없었기에 그녀는 진심으로 당황하는 중이었다.

"하루라도 빨리 황도에 가고 싶은 눈치이길래 물어보았네."

"그, 그런 거 아닙니다! 오해하지…… 마십시오!"

"강한 부정은 긍정이라고 하던데."

"절대 아닙니다! 저는 만월 기사단에 뼈를 묻을 각오로……!"

"쿡!"

붉어진 얼굴로 있는 힘껏 변명을 해 대던 헤이즈가 이내 이상함을 감지하고 멈칫했다. 그도 그럴 것이, 그녀의 주군이 허리까지 젖혀 가며 아주 시원하게 웃고 있었기 때문이다.

"아하하하!"

"…지금 저를 놀리신 겁니까?"

"왜, 그럼 안 되나?"

"공작 전하!"

헤이즈가 배신감에 찬 표정으로 항변했다.

"어떻게 공작 전하께서 제게 그런 농을 하십니까. 설마 제 충성심을 의심하시는 것입니까?"

"말이 왜 그렇게 튀나. 사다드가 없어서 내가 대신 장난을 좀 해 본 것뿐인데."

"안 그래도 사다드 선배가 황궁 얘기만 나오면 저를 얼마나 놀리는데요. 단장님까지 그러지 마십시오. 저 진짜 상처받습니다."

"젊은 남녀가 연애도 할 수 있는 거지, 뭘 상처까지 받고 그러나."

"나중에 기사단을 떠나서 베르가라로 가는 거 아니냐며…… 말도 안 되는 소리를 하신단 말입니다."

"그게 왜 말이 안 되지?"

"예?"

"자네에 대한 황태자 전하의 마음은 진심이야. 장하게도 보석을 알아보신 게지."

보석이요?

헤이즈는 차마 대꾸하지 못했지만, 그녀의 눈이 대신 그렇게 묻고 있었다.

"음. 내가 불구덩이에서 발견한 보석이지."

헤이즈가 살던 마을이 화마에 휩쓸려 타들어 갈 때, 란데르트 공작이 그곳을 지나친 건 그녀의 인생에서 다시없을 전환점이었다. 공작은 한순간에 가족을 모두 잃고 혼자가 된 그녀를 기꺼이 거두어서 오늘날의 위대한 검사로 만들었다.

물론 검에 대한 헤이즈의 열정과 재능이 있기에 가능했던 것이지만, 그날 그곳에 란데르트 공작이 오지 않았더라면 지금의 헤이즈는 어디에도 없었다.

그렇기에 헤이즈에게 공작은 평생의 은인이었다.

"공작 전하의 은혜는 죽을 때까지 잊지 않고 계속 갚을 겁니다."

"이자가 무척 세다는 건 알고 있겠지?"

"그럼요."

란데르트 공작의 늙지 않는 외모 탓에 누가 보면 그들은 그저 선남선녀였다.

하지만 목숨을 구원받고 새로운 인생을 살게 된 헤이즈에게 공작은 그야말로 스승이자 아버지 같은 존재였다.

"공작 전하와 만월 기사단에게 해가 되는 일은 절대 하지 않을 겁니다."

"그것이 네가 린데만 황태자 전하께 완전히 다가가지 못하는 이유인가?"

란데르트 공작은 눈을 들어 헤이즈를 곧이 응시했다. 둘 사이에 편지가 오고 가면서 좋은 감정을 나누고 있다는 걸 그도 알고 있었다.

그러나 사실, 한편으로 헤이즈는 망설이고 있었다. 그녀의 처지, 신분 등 여러 문제가 있지만, 가장 큰 염려는 행여나 검을 놓아야 할까 봐. 그녀는 그것이 제일 두려웠다. 이제껏 황실의 그 어떤 여인도 검을 가까이했던 전례가 없었다.

"난 네가 후회하지 않으면 한다."

아내와 아들을 잃은 뒤, 공작은 끝도 없는 후회를 하고 또 했다. 함께하고 싶었던 것들, 그리고 해 줄 수 있는 것들이 참 많았는데. 아내와 아들이 살아 있을 때 그것들을 하지 못했다.

"마음이 시키는 대로 해라. 그건 언제나 옳으니까."

란데르트 공작에게 가장 잘한 일이 무어냐고 묻는다면 망설임 없이 대답할 자신이 있었다. 바로 아내를 만나 혼인하고, 바일과 바율을 낳은 것이다. 당시에 그가 많은 것들을 따졌다면 결코 이름도 없는 여인과 혼례를 올리지 못했을 것이다.

공작은 그때의 결정을 살면서 했던 최고의 선택이라 늘 자부할 수 있었다.

"그리고 꼭 검을 놓을 필요도 없다."

오랜 기간 헤이즈를 지켜봐 온 공작이다. 그녀가 뭘 걱정하는지 모르지 않았다.

"남녀 사이는 어떻게 될지 모른다고 하지만, 만일 네가 황태자 전하의 비가 된다면 말이지."

"…그래도 되는 겁니까?"

"처음은 늘 있는 법이야."

"그 말씀은…… 검을 쥔 황실의 최초의 여인이 뇌라는 뜻입니까?"

"그만두기에는 네 실력이 너무 아까워서. 만약 황궁에서 반대한다면, 내가 직접 청이라도 드릴 셈이다. 제국에 나만한 기사가 또 나올지도 모른다고 하면, 폐하께서도 생각이 달라지실 것 같거든."

"칭찬이 지나치십니다."

그래도 싫지는 않은 듯 굳어 있던 헤이즈의 얼굴이 조금은 펴졌다.

"난 괜한 소리는 안 해."

실제로 만월 기사단에서 이언 다음가는 실력자가 바로 헤이즈였다. 그런 그녀의 나이가 지금 고작 스물셋이다. 앞으로 그녀가 얼마나 더 성장할지 공작도 기대하는 바가 컸다.

"아무튼. 그래서 황태자 전하가 보고 싶다는 건가, 안 보고 싶다는 건가?"

"그게 진짜로 궁금하십니까?"

"그렇대도."

"그럼 주군이 물으시니 답해야지요. 네, 보고 싶습니다. 그것도 아주 많이. 이제 되었습니까?"

끄덕.

란데르트 공작이 웃음을 참으며 고개를 까닥이자 헤이즈가 못 말린다는 듯 어깨를 으쓱하고는 서찰 하나를 내밀었다.

"바율 도련님께서 보내신 겁니다."

"바율이?"

캐링스턴으로 떠난 지 며칠 되지도 않았다. 아들에게서 오는 편지야 늘 반갑지만, 이른 시기에 괜스레 마음이 불안해진다. 공작은 서둘러 서찰을 뜯어 읽어 보았다.

"공작 전하, 무슨 일입니까?"

본래 이러한 일은 수행 기사인 사다드가 해야 했다. 하지만 그는 지금 바율의 영지인 랑트를 온천 도시로 만드는 데 전력을 기울이고 있었다. 잠시 그를 대신해서 공작의 수행 업무를 보고 있는 헤이즈는 심각해진 주군의 표정 변화에 가슴이 철렁했다.

란데르트 공작은 말없이 서찰을 헤이즈에게 넘겼다. 그녀 역시 내용을 읽어 갈수록 눈빛이 어둡게 가라앉았다.

"카셀 폰 보이텍 백작……."

"까다로운 상대네요."

공작과 카셀은 기사와 마법사이기에 접점도 없는 데다가, 둘 다 사교 활동에도 관심이 없어 마주치기가 영 쉽지 않았다.

하지만 그런 그들도 어쩔 수 없이 서로를 마주해야 할 때가 있다. 가장 최근의 만남은 그의 동생인 카트린느 영애와 황제의 결혼식이었다.

"…어쩌실 겁니까?"

카셀이 황제의 처남만 아니라면 평소대로 일 처리를 하면 되는 거였다.

그러나 감찰 대신이란 감투가 발목을 잡을뿐더러, 헥터 공작이 후작으로 강등되면서 요즘 한창 보이텍 후작의 기세가 날아오르는 추세였다.

더욱이 카트린느에 대한 황제의 총애가 대단하다. 감찰 대신이란 좋은 핑계가 있는 마당에 황제가 누구의 편을 들어 줄지는 불 보듯 뻔한 얘기다.

강단 있고 현명한 편이지만, 여인에 대해서라면 즉흥적인 면모를 자주 보이는 사람이 바로 현 황제였다. 그렇기에 공작도 쉽게 결정을 내릴 수가 없었다.

똑똑.

"접니다, 형님."

그때 문밖에서 반가운 음성이 들려왔다. 문이 열리고 안으로 들어온 사내는 거의 반년 만에 만나는 동생, 리암이었다.

드와이어트 제국의 총독으로 부임했던 그가 조금은 수척해진 모습으로 돌아왔다.

"리암!"

오랜만에 마주하는 동생의 모습에 순간 환해졌던 란데르트 공작의 눈빛이 금세 날카로워졌다.

"얼굴이 많이 상한 것 같구나. 반쪽이 되었어."

"그 정도는 아닙니다."

"일이 고되었느냐?"

"아니라고 하면 믿으실 겁니까?"

리암이 자리에서 일어나 묵례하려는 헤이즈에게 되었다는 듯 손짓하며 소파 쪽으로 걸어갔다.

"며칠 뒤에나 도착할 줄 알았다. 마지막 서찰에 그리 쓰여 있던데, 급히 서두를 만한 다른 이유라도 있는 것이냐?"

리암이 돌아온 것 자체는 당연히 기쁜 일이나, 웬만해서는 계획에 어긋나는 행동을 하지 않는 동생이라는 것을 잘 알기에 공작은 의아했다.

"제게 서두를 일이 달리 뭐가 더 있겠습니까. 릴리스의 혼사 때문이지요."

이미 혼인 날짜까지 잡았었건만, 리암이 드와이어트 제국의 총독으로 부임하는 바람에 미룰 수밖에 없었다. 신부가 아비도 없이 홀로 식장에 들어설 수는 없었기 때문이다.

"사돈댁에서 아무리 이해를 하신다고 해도, 제 마음이 영 불편하지 뭡니까. 그래서 잠 좀 줄이고 무리라는 걸 해 봤습니다. 그래 봤자 고작 며칠 일찍 온 수준이긴 하지만요."

리암이 형을 바라보며 장난스럽게 웃었다.

"제수씨가 속상해할 건 생각 못 하는 게냐?"

"별말 없던데요."

리암은 대수롭지 않은 척 대꾸했지만, 란데르트 공작의 낯빛은 흐려졌다. 동생네 부부가 맏아들인 데릭 일로 소원해졌다는 것을 아는 탓이다.

공작에게는 조카이기도 한 데릭은 지은 죄에 대한 정당한 대가를 치르는 중이었지만, 리암과 달리 그의 아내는 여선히 그것을 받아들이지 못하고 있있다.

"그나저나 무슨 편지입니까? 바율이 보낸 겁니까? 그 녀석은 잘 지내고 있지요?"

그런 형의 착잡한 마음을 헤아린 듯 리암이 모른 척 화제를 돌렸다.

"바율에 대한 얘기로 드와이어트 제국도 떠들썩합니다. 이번엔 드래곤을 물리쳤다고 하던데, 사실입니까? 다친 곳은 없지요?"

"녀석은 멀쩡하다."

"그럴 줄 알았습니다. 누구 아들인데요."

쌍둥이가 태어나고서부터 조카 바보라 불릴 만큼 많은 관심과 애정을 준 동생이었다. 이베트를 잃은 충격으로 자신이 정신을 추스르지 못하고 있을 때, 바일과 바율을 대신 챙겨 준 것도 녀석이었다.

어떨 때 보면 제 자식보다도 조카가 먼저인 것 같아 공작은 고마운 한편 때때로 미안해지고는 했다.

"그런데 문제가 하나 생겼다."

"…문제요?"

리암이 반문할 때, 마침 커닝 집사가 다과를 내왔다.

"공작 전하, 저는 이만 나가 보겠습니다. 오랜만에 오붓하게 말씀들 나누십시오."

두 사람의 대화에 끼어들 적기를 노린 듯, 헤이즈가 깍듯하게 인사를 올리고는 노련하게 자리를 피해 주었다.

"심각한 겁니까?"

마침 속이 출출하던 참이다. 리암이 과자를 하나 집어 입으로 가져가며 묻자, 공작은 말없이 바율에게서 온 서찰을 동생에게 넘겼다.

"크흠."

역시나 리암도 서찰을 읽고 나더니 곤혹스러운 표정을 숨기지 못했다.

"애매하네요."

"그가 감찰 대신이 된 게 언제부터지?"

"으음. 아마 2, 3년 정도 되었을 겁니다. 대마법사가 되고 나서부터니까요."

"업무 능력은?"

"한마디로 적당합니다. 본인이 정한 선을 넘지만 않으면, 봐줄 건 봐주는 식으로 말이죠. 다만 귀찮은 걸 싫어하는지라 경고 차원에서 사건을 마무리하려는 경향이 좀 있기는 합니다."

"그러면서 잇속을 챙기는 건가?"

귀족들의 부정부패는 인간 사회가 유지되는 한 끊임없이 반복되는 뫼비우스의 띠 같은 것이었다. 그런 문제점을 마음먹고 제대로 척결하려 한다면, 살아남을 수 있는 자들은 그리 많지 않으리라.

카셀의 일 처리는 언뜻 보면 성의 없게 생각될 수도 있지만, 이런 풍조를 반영해 본다면 오히려 영리하다 평하는 것도 가능했다.

기준을 정하고 거기서 벗어나지만 않으면 마음껏 풀어주겠다는 뜻이기도 하니, 귀족들 입장에선 두 손 들고 환영할 만한 일이다.

그러면서 본인의 이득도 취할 수 있다면 진정 일석이조라고 할 수 있었다.

"그에 대해 잘 아시지 않습니까. 재물엔 그다지 관심이 없는 위인이라는 걸."

"그렇지."

"그래서 뭐, 덕분에 보이텍 후작만 더 바빠졌죠. 후작이 어디 그런 걸 놓칠 사람입니까?"

카셀과 카트린느의 아비인 보이텍 후작은 대단한 야심가였다.

지금이야 비록 날개 꺾인 독수리 신세가 되었지만, 얼마 전까지만 해도 헥터 공작가는 제국에서 둘째가라면 서러울 만큼 명망 높은 집안이었다.

보이텍 후작은 혼맥을 통해 장남인 카셀을 그런 공작가의 사위로 만든 것도 모자라, 하나뿐인 딸 카트린느 영애

역시 결국 황제에게 시집을 보내 황실과 사돈을 맺었다. 사석에선 황제로부터 곧잘 '장인'이란 소리까지 듣고 있었다.

소문에는 자식들의 빼어난 외모를 위해 애초부터 본인의 신부도 고르고 골라서 받아들였다는 얘기가 있다. 장남인 카셀에게 인격적으로 장애가 있긴 하지만, 적어도 겉으로 보았을 때 후작은 자식 농사에 크게 성공한 셈이다.

현재 후궁인 카트린느는 황제의 아이까지 임신 중이었다. 보이텍 후작의 본성과 황도의 대저택에 손님이 끊이지 않고 방문한다는 건 조금도 과장이 아니었다.

다가올 출산 예정일은 겨울이었다. 만일 그녀가 황자를 생산한다면 제국엔 커다란 격변이 일지도 모를 일이었다. 아니, 틀림없이 그럴 터였다.

"헥터 공작, 아니. 이제는 후작이라고 해야겠죠. 헥터 후작까지 발아래에 두게 되었으니, 요즘 밥을 먹지 않아도 배부른 상태일 겁니다. 그 얼굴 안 보는 거 하나는 참 좋았는데 말이죠."

보이텍 후작이 눈앞에서 거들먹거릴 걸 생각하니 벌써부터 짜증이 치밀어 올랐다.

"바율이 주말에 노예 상인의 윗선과 접촉할 예정이다. 그러니 서둘러서 결정을 내려야 해."

카셀을 감찰 대신으로 인정하느냐. 그도 아니면 다른 사람들과 똑같이 불법 거래자로 취급하느냐.

공작의 고민은 깊을 수밖에 없었다.

전자로 결정하면 사건 처리 과정이 수월해지긴 하지만, 마음이 찜찜하다. 반면 후자는 따라올 부작용이 만만치가 않아 섣불리 결단을 내리기가 어려웠다. 바율이 감당하기엔 그 무게가 가볍지 않을 것이 분명하기에.

"근데 갑자기 노예 경매장에는 어쩌다가 가게 된 겁니까?"

"아, 넌 아직 모르겠구나. 폐하께서 하사하신 바율의 영지를 지금 개간하는 중이다."

"영지라면…… 랑트 말입니까? 거긴 돌밖에 없는 곳이 아닙니까?"

어리둥절한 리암에게 공작은 온천 도시 계획에 대해 짧게 설명했다.

"그래서 사다드가 없는 것이었군요."

공작의 말을 듣는 동안 내내 놀랍다는 듯한 표정을 짓던 리암이 그제야 이해가 간다는 듯 고개를 주억였다.

"기대가 됩니다. 온천 도시라니. 당장이라도 가 보고 싶네요."

리암은 마치 자기 일처럼 뿌듯해했다.

"형님은 이제 걱정 없으시겠습니다. 캐링스턴으로 보낼 때만 해도 물가에 내놓는 심정이었는데, 바율이 참 잘 자랐습니다."

"다 네 덕분 아니겠느냐."

"알아주시는 겁니까?"

눈을 동그랗게 뜨고 물어오는 동생을 란데르트 공작이 다소 무거워진 눈길로 쳐다보았다.

"그러니 데릭을 그만 용서하거라."

"……!"

"바율은 네 조카지만, 그 녀석은 네 아들이다. 이번에도 보러 가지 않을 참이야?"

"…제가 알아서 하겠습니다."

급격하게 침울해진 리암을 보며 란데르트 공작은 긴 한숨을 내쉬었다.

"실수는 누구나 하는 것이다. 아비가 보듬어 줄 줄도 알아야지. 그건 본래 나보다 네가 더 잘하는 것 아니었더냐?"

"명령이십니까?"

"뭐?"

"형님의 명이라면 그러하겠습니다."

명이 아니면 보지 않겠다는 말과 같았다.

"독한 녀석."

제 동생을 향한 공작의 얼굴에 수심이 가득 찼다.

"그 독한 놈이 한 말씀 올려도 되겠습니까?"

란데르트 공작이 어디 해 보라는 듯 턱을 치들자 리암이 말을 이었다.

"아무리 생각해도 카셀에 관해선 잠시 함구하는 것이 나을 듯합니다."

"이유는?"

"뭐 여러 복잡한 이유가 있긴 하지만, 개중에서도 가장 큰 문제는 카트린느 영애입니다. 복중에 태아가 있지 않습니까? 그녀가 만일 충격으로 유산이라도 하면, 그 원망이 어디로 가겠습니까?"

무려 십수 년 만에 태어나는 황손이었다. 성별과 관계없이 황제는 매우 들떠 있었다. 워낙에 자식 사랑이 남다른 편인 데다, 카트린느의 외모가 출중하다 보니 기대하는 바가 더욱 컸다.

만에 하나 이번 일로 그 아이가 잘못되기라도 한다면, 카셀을 잡아들인 바율과 그의 가문인 란데르트 공작가를 향해 맹공격이 들어올 것임은 당연한 수순이었다.

"일단은 비밀리에 조사를 계속하다가 뭔가 실마리가 잡히면, 카트린느 영애가 출산을 무사히 마친 후에 건드리는 것도 그리 늦지는 않을 겁니다."

"그러니 지금은 지켜만 보자?"

"네, 형님. 저야 늘 그랬듯 형님이 결정하시는 대로 따르겠습니다만, 제 의견은 그렇습니다. 노예 사냥꾼들이라는 놈들을 쉽게 잡아들일 수 없다는 건 형님께서 더 잘 아시잖아요. 그토록 뿌리를 뽑으시려고 애를 쓰셨는데. 바율도 쉽진 않을 겁니다."

리암이 해 줄 수 있는 조언은 이 정도가 다였다. 결정은 늘 공작의 몫이었고, 거기에 따른 책임 역시 그에게 있었다.

"오자마자 쉬지도 못하고, 네가 고생이 많구나."

"잘난 형님을 둔 아우의 업보라고 해 두죠."

"…그래도 업보는 너무 심한 것 같은데."

"그럼 과업이라고 하겠습니다."

"좀 낫군."

공작의 긍정적인 반응에 리암이 그제야 다시 웃으며 과자를 입에 물었다.

"점심도 거른 게냐?"

"집에 들렀다가 바로 오느라고요. 형님은 드셨죠?"

"지금 시간이 몇 신데."

"한 끼 거른다고 해서 죽지 않습니다. 저 아직 팔팔합니다?"

데릭에 대한 걸 잊고 싶기라도 한 듯 리암이 부러 밝은 음성을 끄집어냈다. 그래서 공작도 더는 그 문제에 대해 끼어들 수가 없었다.

"시간 되면 저녁이나 먹고 가거라."

"오랜만인데, 그럴까요?"

"네가 좋아하는 걸로 차리라고 해야겠다."

여태 타지에서 고생하다 오랜만에 고향에 돌아왔으니 하고 싶은 것도, 먹고 싶은 것도 많을 것이다.

십년전쟁 이후로 란데르트 공작이 유명세를 치르며 덩달아 리암 역시 여러 일을 해야만 했다. 귀족가의 자식으로 태어나 당연하다면 당연한 책임이지만, 그것이 혹 동생을 힘들게 하지는 않을지 공작은 가끔 마음이 복잡해지고는 했다.

"릴리스의 혼인 얘기도 식사하면서 듣고 싶구나. 명색이 그래도 내가 큰아비인데 뭐라도 해 줘야지."

"형님은 식장에 참석만 해 주십시오. 그게 사돈댁에서 가장 원하는 것일 겁니다."

"그 당연한 걸 말이냐?"

"바욜도 오면 더 좋겠죠?"

이참에 두 부자의 인기를 등에 업고 아주 성대한 결혼식을 올리고 말겠다며 리암이 큰 포부를 밝혔다.

"오냐. 얼마든지 이용해 보려무나."

바율은 모르겠지만, 란데르트 공작은 기꺼이 들러리가
되어 줄 용의가 있었다.

Chapter 6.
전학생

1.

개강 첫날 이후 라나사는 정말로 본인의 다짐대로 점심을 홀로 먹기 시작했다. 바율이 두어 번 정도 같이 먹자는 눈빛을 보내 봤지만, 그때마다 거절하는 단호한 시선과 맞닥뜨려야 했다.

라나사 딴에는 식사를 빨리 끝내고 공부나 검술 훈련을 하기 위해서였지만, 바율은 도르하에서 들었던 그녀의 말이 자꾸만 신경 쓰였다.

"바율, 넌 나와는 달라. 격에 맞는 사람들과 어울려. 난 아니야."

괜히 자신과 엮였다가 훗날 안 좋은 소문에 휘말릴 거라며 미리부터 염려하던 모습이 떠올라 마음 한편이 묵직했다.

'난 괜찮은데.'

그래도 그런 라나사의 의지(?) 덕분인지 바율과 라나사의 이름을 함께 입에 올리는 아이들이 거의 사라졌다.

워낙에 충격적인 사건이라서 학생들의 뇌리에 깊이 각인되기는 했지만, 같은 일이 반복해서 생기지 않으니 서서히 관심이 수그러든 것이다.

"그럼 그렇지."

"얼음 여신이 쟤들이랑 무슨."

"난 라나사가 저 중 한 명이랑 사귀는 줄 알았잖아."

"우리가 상상력이 너무 풍부했어."

물론 이런 숙덕거림 따위를 며칠 감수하기는 해야 했지만.

"오늘은 좀 조용하네."

주말이 코앞으로 다가온 금요일 점심시간이었다. 이제 다들 새 학기 생활에 적응했는지, 바율 일행이 식당에 들어섰음에도 별다른 반응이 없었다.

몰래 힐긋거리는 학생들이 몇 명 있긴 했지만, 그건 이전에도 겪어 왔던 일이었다.

그들 일행이 좀 특별한가.

바율도 바율이지만 퀸은 인어국의 왕자였고, 로건과 에이단은 이름만 대면 누구나 알 정도로 권세 있는 집안의 자식들이었다.

뿐인가.

입학하자마자 저세상 외모로 아카데미를 평정한 일라이는 마법학부의 최고 인재였다. 일행 중 유일하게 출신이 미천하다는 것이 약간의 흠이라면 흠이었는데, 라예가르의 등장으로 인해 이사장의 아들이라는 것이 드러나고 말았다. 덕택에 '역시 저 무리엔 평범한 애들이 없어' 하는 소리를 한동안 들어야만 했다.

드래곤이란 녀석의 진짜 정체가 밝혀지면 또 어떤 말들이 튀어나올까?

바율은 가끔 그렇게 혼자만의 생각에 빠져 저도 모르게 싱거운 웃음을 흘리곤 했다.

"바율, 너 또 무슨 생각 하냐?"

"…응?"

"요새 너 자꾸 말도 없이 웃는다?"

에이단이 식판을 든 채 눈을 빗뜨며 묻자, 바율은 순간 당황해서 입술만 벙긋거렸다.

"너 요즘 많이 변한 거 알아?"

"…내가 변해?"

"그래! 주눅 안 들고 하고 싶은 말 하는 거, 그런 건 다 좋은데. 왠지 비밀을 만드는 것 같단 말이지."

"비밀이라니! 그게 무슨 소리야, 에이단!"

"내 촉이 그래. 너 또 뭐 얘기 안 한 거 있지?"

"아니라니까? 그런 거 없어!"

"펄쩍 뛰는 게 더 수상해."

"방학 중에 있었던 일이라면 다 얘기했잖아! 그게 전부라고!"

에이단의 뜬금없는 추궁에 바율은 진심으로 억울했다. 아버지에게 털어놓지 못하는 고민마저 친구들에게는 다 이야기했는데, 갑자기 에이단이 왜 이러는지 황당했다.

"너 심심하냐?"

그때 음식을 담다 말고 퀸이 에이단을 향해 휙 돌아섰다.

"뭐?"

"아니면 오늘 반찬이 마음에 안 들어?"

"아닌데."

오늘 점심 식단엔 에이단이 좋아하는 채소류가 그득했다. 종류별로 다 맛볼 생각이던 에이단이 고개를 젓자 일라이가 녀석의 뒤통수를 가볍게 톡 건드렸다.

"근데 왜 시비냐? 바율이 너한테 뭐 잘못했어?"

"시비라니? 너희는 지금 내가 시비 터는 걸로 보이냐?"

"어!"

로건까지 합세해서 이구동성으로 대답하자 에이단이 기가 찬다는 듯 턱을 들었다.

"니들은 합리적인 의심이란 말도 모르냐? 난 요즘 달라진 바율의 태도에 대해 말하고 있는 거라고!"

"집착이네."

"뭐야? 뭔 착?"

그거야말로 무슨 개풀 뜯어먹는 소리냐는 듯 에이단의 얼굴이 와락 일그러졌다.

"사람이 혼자 좀 웃을 수도 있는 거지, 뭘 그렇게 따지고 드냐? 그리고 막말로, 비밀이 있으면 어때서? 그렇다고 우리 사이가 달라지는 것도 아닌데. 그러는 너야말로 우리한테 뭐 숨기는 거 없어?"

"그래, 없다! 난 너희한테 한 번도 뭐 숨긴 적 없어!"

한 치의 망설임도 없이 당당히 대꾸하는 에이단을 친구들이 일순 어이없다는 듯 바라봤다.

"작년에 가난한 근로 장학생인 척 한 게 누구였더라?"

"귀족이라는 것도 일부러 말을 안 했지, 아마?"

"제국에서 제일가는 부잣집에서 나고 자란 녀석이 주말

알바생인 내게 있는 대로 빈대를 붙기도 했고."

"애들아, 너희들이 잊은 것 같은데. 이 자식, 테이머란 것도 한참 나중에 고백했어."

지난날 에이단이 저질렀던 배반(?) 행위가 재차 도마 위에 오르며 녀석의 목을 졸랐다.

"아 씨, 그건 이미 한참 전 일이잖아! 뭐, 나만 속였어? 이 녀석도 드래…… 아무튼! 그랬잖아!"

친구들의 연합 공격에 꽥 소리를 지르던 에이단이 겨우 정신을 차리고 목소리를 낮추며 항변했다. 그러나 그것도 별 소용 없었다.

"그래도 나는 상황이 좀 다르지. 특이한 경우잖아."

"인정."

"스스로 밝히기에는 아무래도 많이 그렇지."

로건과 퀸이 일라이의 말이 끝나기가 무섭게 긍정하자 에이단이 배신감에 차서는 부들부들 몸까지 떨었다.

"지금 차별하냐? 얘나 나나 거기서 거기지!"

"그 '거기'에 바율도 끼워 주면 되겠네."

퀸이 친구들 사이에서 울상이 되어 가고 있는 바율의 식판에 닭 다리 한 점을 올려주었다. 그러고는 저쪽으로 가자며 턱짓했다.

"와, 이제는 왕따까지!"

머뭇거리는 바율을 잡아당기며 퀸이 앞장서자 일라이와 로건이 기다렸다는 듯 그 뒤를 따랐다.

잠시 울분을 참지 못해 씩씩거리던 에이단이 그런 친구들의 등을 노려보며 걸음을 옮겼다. 그리고 마치 보란 듯이 식판을 거칠게 탁자에 내려놓았다.

타앙!

그 소리가 어찌나 컸던지 근처의 아이들이 깜짝 놀라며 그들을 돌아보았다.

"야, 인마. 최소한의 식사 예절은 지켜라."

"이제 겨우 애들 관심 속에서 멀어지고 있구먼. 쯧쯧."

타박하는 친구들과 달리 바율은 순간 흠칫 어깨를 떨었다. 그걸 보고 나니 에이단은 갑자기 죄책감과 함께 미안한 마음이 들었다.

바율이 그럴 리가 없다는 걸 알면서도 괜한 심술을 부렸다. 녀석이 어느새 라나사와 가까워지곤 아무 내색도 하지 않아 자기도 모르게 샘이 좀 났나 보다. 그러다 이런 실수까지 저지르고. 다시 생각해 보니 유치하긴 했다.

"…미안."

에이단이 불퉁한 음성으로 사과했다.

"내가 좀 심했지? 이놈의 다혈질 성격이 또 튀어나와 버렸네."

"알면 됐다."

네가 그러는 게 어디 하루 이틀이냐?

일라이의 눈은 그렇게 말하고 있었지만, 다행스럽게도 말투는 부드러웠다.

"바율, 당황하게 해서 미안해."

여전히 녀석 혼자서만 식사를 못 하고 있었다. 그에 에이단이 다시 한번 사과하자 바율의 표정이 그제야 조금 풀어졌다.

"아니야, 에이단. 얼른 먹자."

"…그리고 나 집착하는 거 아니야. 알지?"

"맞는 것 같은데."

우유를 마시던 일라이가 컵을 내려놓으며 또다시 끼어들자 에이단이 두 눈을 희번덕거렸다. 그러나 더는 시끄럽게 하고 싶지 않은 듯, 하고픈 말을 애써 입안으로 삼켰다.

"그냥 좀 서운했나 보다, 하고 생각해 줘. 내가 널 많이 좋아하나 봐."

"다짜고짜 시비 걸더니, 이젠 뜬금없이 고백이냐?"

"쓰읍!"

그만해라. 마지막 경고다.

부릅뜬 에이단의 눈초리가 그리 말했다.

녀석은 몰랐지만, 로건과 퀸이 웃음을 참는 게 바율에게도 보였다. 왜 이런 상황이 되었는지는 모르겠지만, 에이단은 현재 놀림을 받고 있었다.

'이걸 녀석이 알아차리면……'

생각만으로도 두통이 올 것만 같다. 그런 일이 벌어지기 전에 막아야만 했다.

"저기, 에이단……"

바율이 에이단의 관심을 돌리려 말을 걸 때였다.

우지끈!

별안간 무언가 부러지는 듯한 소리가 바율의 귓가를 때렸다.

"응? 뭐지?"

바율에게만 들린 것은 아닌 모양이었다. 친구들뿐 아니라 근처에서 식사 중이던 다른 아이들도 의아한 듯 주위를 둘러보고 있었다.

파드닥! 파드닥!

그때, 나뭇가지에 앉아 있던 새들이 약속이라도 한 듯 한꺼번에 날아오르는 장면이 창문을 통해 바율의 눈에 잡혔다.

그리고 거의 동시에 에이단이 튕기듯 자리에서 일어났다. 그 탓에 녀석이 앉고 있던 의자가 둔탁한 소음을 내며 뒤로 넘어갔다.

"에이단!"

"너 왜 그래?"

로건이 그렇게 묻는 순간, 지축이 뒤흔들렸다. 덜거덕덜거덕하며 탁자가 움직이기 시작한 것도 그때였다.

"뭐, 뭐야?"

"무, 무슨 일이야!"

"엄마아아!"

여기저기서 비명이 터졌다. 식당 안이 순식간에 아수라장으로 돌변했다. 식판이 바닥을 뒹굴고, 음식물이 아무렇게나 흘러넘쳤다. 어쩔 줄 몰라 하는 아이들의 얼굴은 저마다 하얗게 질려 가고 있었다.

"…설마 지진?"

지금껏 캐링스턴은 안전지대였다. 타락의 숲과 물의 정원에 박혀 있는 정령석 덕분에 자연재해의 피해를 거의 입지 않았다. 아무런 타격이 없었다고 해도 과언이 아니었다.

그런데, 갑자기 지진이 웬 말이란 말인가?

납득할 수 없는 상황에 바율은 얼이 나간 사람처럼 멍하니 눈만 껌벅거렸다.

"바율!"

퀸이 그런 녀석의 어깨를 붙잡고 흔들었다.

"정신 차려! 이걸 막을 수 있는 사람은 너밖에 없어!"

놀란 아이들이 고함을 지르며 식당 밖으로 뛰쳐나가고 있었다. 그러다 저들끼리 부딪쳐서 고꾸라지며 더 큰 비명을 토하기도 했다. 그야말로 혼돈, 그 자체였다.

우지끈!

다시금 등골을 서늘하게 하는 소리가 식당 천장으로부터 들려왔다. 무심코 고개를 들자 마치 느린 그림처럼 천장이 쩍쩍 갈라지는 모습이 시야를 채운다.

"셰임!"

바율은 그제야 본능적으로 셰임을 부르짖었다. 평소였더라면 먼저 나서고도 남았을 그가 상황이 이렇게 될 때까지 아무런 반응이 없었던 이유는, 현재 그가 템페스타에게 가 있었기 때문이다.

카셀에게서 한시도 눈을 떼지 말라는 바율의 명 때문에 평소처럼 마음껏 돌아다니지도 못하는 템페스타였다. 심심해하는 녀석에게 잠시 말 상대라도 해 주고 오라며 직접 부탁을 한 게 바로 오늘 아침이었다. 공교롭게도 그러자마자 바로 이런 일이 터진 것이고.

"바율 님!"

셰임은 금세 바율 앞에 모습을 드러냈다. 왜인지는 모르겠지만, 그는 작금의 사태에 의아한 빛을 띠고 있었다. 땅의 정령인 그가, 이런 일이 생길 거라고는 전혀 예측조차 하지 못했다는 기색이었다.

하지만 그것도 잠시, 세임이 손을 휘두르자 당장이라도 무너져 내릴 것 같았던 천장이 금방 원상태로 복구되었다. 미친 듯이 흔들리던 지면 역시 언제 그랬냐는 듯 잠잠해졌다.

하나 비명은 여전했다. 식당 안이 아니라 바깥에서 나는 소리였다.

바율은 바람보다 빠른 속도로 달려 나갔다.

"이게 무슨……!"

밖은 조금 전 식당 안보다 상황이 훨씬 심각했다. 커다란 나무가 뿌리째 뽑혀 나와 달아나는 아이들의 진로를 방해하고, 벌어진 지반 틈새로 미처 피하지 못한 학생들의 다리를 삼켰다.

살려 달라 비명을 지르는 모습 너머로 뭉그러지는 아카데미의 풍경이 들어왔다.

땅의 표면이 제멋대로 널을 뛰고 있었다. 벽과 창문에는 금이 갔고, 처마 위에 세워진 조각상들은 중력의 법칙에 따라 하강하기 직전이었다.

"바율!"

그때 멀리서 라나사가 바율의 이름을 부르며 빠르게 뛰어오고 있었다. 그런 그녀의 위로 어두운 그림자가 내려앉았다.

"라나사!"

바율은 그제야 이 모든 것이 현실임을 자각하고 인정했다.

원인은 여전히 알 수 없었다.

그러나 당장 중요한 건 그런 게 아니었다. 지금은 해밀턴만큼이나 소중해진 이곳을 지켜 내야 할 때였다.

갑작스레 캐링스턴에 왜 이런 사태가 벌어졌는지 알아보는 건 그다음 문제였다.

쑤아앙!

바율의 잿빛 눈동자가 은백색으로 물들었다. 그러자 어디선가 별안간 강풍이 몰아쳤다.

그 바람은 라나사의 머리 위, 정확하게는 그녀에게로 쏟아져 내리는 유리와 석벽의 파편들을 향하고 있었다.

"셰임. 진원지가 어디인지, 어느 지역이 피해를 입었는지 알아봐 주세요."

바율은 그 외 특별히 별다른 명령은 내리지 않았다. 셰임은 이미 알아서 움직이기 시작했고, 그가 지나간 자리마다 모든 것들이 빠르게 원상태로 복구되고 있었다.

뽑혔던 나무가 제 위치를 찾고, 갈라졌던 지면은 흔적 하나 없이 신속하게 메워졌다. 구멍으로 빨려 들어가기라도 할까 봐 겁에 질려 눈물짓던 학생들이 이제는 꺼이꺼이 안도의 울음을 터뜨렸다.

상급 정령으로 올라선 셰임의 능력은 가히 발군이었다. 그의 손짓, 눈짓 한 번에 아카데미는 금세 원래대로 돌아왔다.

현장에 없던 사람들이 와서 본다면 무슨 일이 있었는지조차 모를 정도로 감쪽같았다.

하지만 이미 전교생이 목도했다.

아비규환이나 다름없던 공간이 한순간에 아무 일 없었던 것처럼 평화로운 일상의 모습으로 돌아왔다.

다들 교내를 분주하게 돌아다니는 셰임의 모습을 넋을 잃고 바라보았다.

이게 꿈인가, 생시인가?

직접 보고서도 쉬이 믿기가 힘들었다. 바율과 같은 재학생이란 이유만으로 정령이란 존재에 대해 좀 더 잘 알게 된 그들이었다.

바율이 정령사란 사실이 알려지면서 어딜 가나 그에 관해 떠들었고, 실제로 간혹가다 사대 정령의 모습을 본 아이들도 더러 있었다.

하나 그 누구도 오늘 같은 일이 벌어질 수 있다는 걸 감히 짐작하지 못했다. 아니, 아예 생각조차 하지 못했다는 것이 바른 표현이었다.

정령이 자연을 조율하고, 그런 정령을 부리는 자를 가리켜 정령사라 일컫는다고 들어서 알고는 있었지만, 역시나 추상적으로 이야길 듣는 것과 직접 보는 것에는 엄청난 차이가 존재했다.

이건 경악을 넘어 경이로운 수준이었다.

땅이 꺼지고 건물이 무너지는 상황을 대관절 어느 누가 이처럼 손쉽게 막을 수 있겠는가?

정령이 아니었더라면, 바율이 없었더라면 자신들은 어찌 되었을까?

상상하는 것만으로도 너무나 끔찍했다.

뒤늦게 몰려드는 안도감.

그리고 바율에 대한 경외감.

방금 지진을 경험한 캐링스턴 학생들이라면 전부 같은 마음을 품었다.

"헉…… 헉……!"

"라나사, 괜찮아? 어디 다친 데 없어?"

얼마나 쉬지 않고 달려왔으면, 그녀의 이마에는 송골송골 땀이 맺혀 있었다. 라나사는 숨이 찬지 말없이 손만 들어 자신이 무사함을 전했다.

"이세 내체 무슨 일이지? 갑자기 지진이 왜 난 거야?"

"정령석에 문제라도 생긴 건가?"

"그건 아니야."

바율은 확실히 단언할 수 있었다. 정말 그런 일이 있었다면 자신이 못 느꼈을 리 없었다. 이미 과거에 그것을 부수려다가 심장이 쥐어드는 듯한 통증을 느끼지 않았던가.

정령석은 오늘 일과 아무 관련이 없었다.

"그럼 더 이상하잖아. 정령석이 있는데 이게 뭔 난리래? 말이 안 되는데?"

정령석의 존재가 자연재해로부터 캐링스턴을 지켜 주고 있다고 철석같이 믿었던 그들이기에 작금의 상황을 이해하려면 누군가의 도움이 절실히 필요했다.

"이사장님! 이사장님은 어디 계셔?"

에이단이 당장 가서 물어볼 기세로 일라이의 팔을 흔들었다.

"없을걸?"

"왜?"

"요새 바빠."

대답하는 일라이의 안색이 창백했다. 그가 지진 때문에 이런 표정을 지을 리 없다는 건 친구들이 더 잘 알았다. 그렇다면 라예가르가 바쁜 이유와 관련이 있으리라. 아마도 녀석을 죽이려 했던 세라리카 교수에 관한 일 처리 문제일 것이다.

로드인 그의 양부가 이처럼 긴 시간을 할애하는 걸 보면 드래곤들의 사회 역시 꽤 시끌시끌한 모양이었다.

'마족 형제들이 논제가 되지는 말아야 할 텐데…….'

자연스레 드는 걱정에 바율은 입술을 잘끈 깨물었다.

그때 라나사가 불쑥 물었다.

"정령석이 뭔데 그래?"

"아."

라나사와 함께 있다는 걸 잠시 깜박했다. 사안이 사안인지라 다들 그녀를 잊고 원인을 찾기에 급급했다. 그나마 다행인 점은 라예가르에 대해 짧게 얘기를 마쳐, 라나사가 그의 진짜 정체를 눈치챌 일은 없다는 것이었다.

"설명하자면 긴데, 일종의 돌 같은 거야. 그 돌이 캐링스턴에 박혀 있어서 그간 자연재해를 막아 줬던 거고."

"그 말은…… 다른 지방은, 그러니까 예를 들면 황도에는 그 돌이 없어서 오랜 기간 비가 내리지 않았다는 거야?"

"응, 맞아. 내 고향 해밀턴도 마찬가지로 그래서 매번 홍수가 일어났던 거고."

라나사는 매우 똑똑한 편이었다. 몇 마디 했을 뿐인데 벌써 성령식에 관해 파악을 끝냈다.

"근데 그런 돌에 무슨 일이 생긴 것도 아닌데, 여기가 이렇게 된 거란 말이지?"

"응."

"그렇다면 진짜 괴상하네. 세상이 미쳐 돌아가려나 보다."

라나사의 말투가 다시 냉소적으로 변했다. 그러거나 말거나 자신과는 상관없다는 듯.

"그보다 왜 그렇게 서둘러 달려왔던 거야? 급해 보였는데."

"아, 참. 내 정신 좀 봐."

라나사가 한쪽 발로 바닥을 치며 다급히 말했다.

"바율, 네 힘이 필요해."

"내 힘?"

"어! 연무장의 돌벽이 무너지면서 그 밑에 누군가 깔렸더라고. 너라면 그걸 쉽게 치울 수 있을 것 같아서. 생각나는 사람이 너밖에 없어서 달려온 거야."

셰임은 이미 모든 할 일을 마치고 바율 곁에 돌아와 있었다. 그렇다는 건 그 무너진 돌벽 역시 이미 수리가 끝났을 것이다.

하지만 그 밑에 깔린 사람까지 셰임이 치료할 수는 없는 노릇이다. 부상이 어느 정도인지는 모르겠지만, 신전으로 데려가는 것이 우선이었다.

"가 보자."

"나는 마구간으로 가 볼게."

에이단은 아까부터 말들이 걱정이었다. 기숙사 방에 있는 잉그리드도 염려되긴 마찬가지였지만, 녀석은 변신수의 새끼였다.

위험이 닥치면 몸을 키워서라도 어떻게든 잘 모면했을 터. 마구간에 들러 말들을 진정시키고, 두려움에 떨고 있을 축사의 동물들까지 보고 올 참이었다.

"난 라피트를 찾아봐야 할 것 같아."

로건도 합류할 수 있는 입장이 아니었다.

"녀석이 무사한지 살펴본 다음, 다른 학생들도 도와야 하지 싶어."

바율의 빠른 대처 덕분에 식당 근처에선 상대적으로 큰 부상자가 나오지 않았다. 하지만 다른 곳에는 물리적으로 피해를 본 학생 혹은 교수님이나 아카데미 관계자가 있을지 모른다. 그들을 모른 척할 수는 없었다.

"나도 가만히 있을 순 없겠군."

일라이도 한마디 거들었다. 이래 봬도 이번 유희 설정이 '가난하지만 똑똑하고 마음씨도 좋은 모범생'이었다. 녀석은 가급적 자신의 설정에 충실하려 했다. 마치 무슨 의무라도 되는 것처럼.

"그림 귄도……."

"나는 너랑 갈게."

바율을 절대 혼자 보낼 수 없다는 듯, 퀸이 단호하게 말을 잘라 냈다. 그것을 잠시 이상하다는 듯 라나사가 힐긋거리더니 곧 연무장을 향해 앞장서 뛰어갔다.

사실 그녀는 이런 일에 엮이고 싶은 생각은 눈곱만큼도 없었다. 제 몸 하나 건사하기도 벅차기 때문이었다.

하지만 차마 연무장의 석벽이 무너지면서 들렸던 도와달라는 외침마저 무시할 수는 없었다.

그리고 그 무너진 더미 아래에서 삐져나온 가느다란 팔을 본 순간, 다른 생각은 할 수가 없었다. 이후로는 식당에 있을 바율을 떠올리며 무작정 뛴 게 다였다.

'살아 있기를.'

누군지도 모르는 상대지만, 힘없이 꿈틀거리던 손가락이 자꾸만 머릿속에 어른거렸다.

그래서일까.

라나사는 처음으로 자신과 아무 상관도 없는 아이를 위해 기도했다. 제발 지진이라는 이런 말 같지도 않은 것 때문에 소중한 목숨을 잃지 말라고.

애초에 죽음이란 것에 가깝게 다가가 본 적이 없었기에 평소의 그녀답지 않게 흥분한 것이었지만, 지금은 미처 그런 스스로의 마음을 헤아릴 겨를이 없었다.

"어? 바율이랑 퀸이다!"

"라나사도 있어!"

연무장에 다다를 무렵, 두 명의 여학생이 일행을 보고 손을 흔들며 소리쳤다.

예상대로 무너졌던 벽은 원상태로 복구되어 있었고, 그 밑에는 환자로 보이는 남학생 한 명이 머리에서 피를 흘리며 쓰러져 있었다. 언뜻 봐도 흘러내린 피의 양이 상당했다.

"아, 좀 전에 본 그 정령이 이미 돌을 치웠구나."

그 생각은 미처 못 했는지 라나사가 뒤늦게 깨달았다는 듯한 표정을 지었다.

"숨은 쉬고 있군."

퀸이 남학생의 코에 손을 가져다 대곤 무심하기 짝이 없는 목소리로 뇌까렸다.

"정말이야?"

"휴, 다행이다! 우린 죽은 줄 알고 너무 무서웠어!"

직접 확인을 하자니 무섭고, 그렇다고 그냥 모른 척 가자니 마음이 쓰이고. 두 여학생은 안도하며 서로를 끌어안았다.

"바로 신전으로 데려가야겠지?"

물론 퀸이 치료할 수도 있었다. 그러나 그가 생판 처음

보는 아이를 위해 그럴 성격도 아니거니와, 바율 역시 굳이 그러길 바라지 않았다.

보는 눈들도 눈들이지만, 퀸의 치유 방식은 상대의 고통을 고스란히 가져와서 자가 치료를 통해 상처를 낫게 하는 것이었다.

그래서 바율은 자신이 아플 때도 퀸이 나서 주는 게 조금도 반갑지 않았다. 자신 때문에 그가 아픈 것이 싫었다.

"바율, 내가 이 녀석 업을 테니까 좀 도와줄래?"

"아니야, 내가 업을게. 그래도 남자인데."

"지금 내 앞에서 네가 그런 말이 나오니?"

라나사가 어처구니없다는 눈길을 숨기지 않은 채 바율을 위아래로 훑어보았다.

"네가 뭔가 오해하고 있는 것 같은데, 내가 보이는 것처럼 그렇게 약골은 아니야."

"그래서, 나보다 체력이 좋아?"

"그건 아니지만……."

"그럼 조용히 하고 얼른 없어."

라나사가 쓸데없는 소리는 그만하라며 자신의 뒤를 턱짓했다.

"으으, 머리에서 계속 피가 나는 것 같아."

"설마 저러다 잘못되는 거 아니겠지?"

바율이 라나사의 등에 정신을 잃은 남학생을 짊어 주는데, 여학생들이 발을 동동 구르며 떠들어 댔다.

"타국의 왕자가 여기까지 와서 죽기라도 하면 어떻게 되는 거야? 설마 전쟁 나는 건 아니지?"

라나사와 바율이 동시에 멈칫했다. 그건 퀸도 마찬가지였다.

"왕자라니? 누가?"

"…어? 몰랐어?"

여학생들은 어떻게 그걸 모르고 있었냐며 황당하다는 듯되물었다.

"싱클레어 헤센 로랑. 이번에 전학 온 데나리드 왕국의 왕자잖아. 우리랑 같은 2학년인데……."

2.

기절한 남학생을 등에 업고서도 라나사의 달리는 속도는 바율보다 월등했다. 바율은 그걸 보면서 남자라는 이유만으로 직접 업겠다고 했던 조금 전의 자신이 창피해졌다.

사실 바람의 정령의 힘을 이용하면 굳이 몸을 쓰지 않아도 쉽게 해결할 수 있었다. 하지만 평소 그럴 만한 일은 늘 템페스타가 알아서 해결했기에, 바율은 미처 거기까지는 생각하지 못했다.

"보기엔 삐쩍 말랐더니만, 더럽게 무겁네."

속도는 전혀 줄지 않은 채 라나사가 불평을 토했다. 그런 그녀의 얼굴엔 머리카락이 몇 가닥 붙어 있었다. 그사이 땀이 많이 난 듯했다.

"이제라도 내가 업을까?"

"됐어. 그러다 너까지 탈 날라."

그렇게 말하며 라나사는 퀸을 올려다보았다. 그는 시종일관 바율을 호위하듯 말없이 따라오기만 했다.

"잘 뛰네."

퀸은 바율과 같은 행정학부 소속이었다. 그렇기에 기사학부인 라나사와는 거의 마주칠 일이 없었다.

그녀는 인어족인 그가 물도 아닌 뭍에서 잘 달리는 게 신기했는지 피식 웃음을 흘렸다.

"지금 그 말, 나에게 업으라는 뜻은 아니겠지?"

"설마."

피를 철철 흘린 채 쓰러져 있는 상대를 보고 한다는 첫마디가 '숨은 쉬고 있군'이라는 무감각한 말이었다. 라나사는 퀸이 자신을 대신해서 데나리드 왕국의 왕자인지 뭔지를 업어 줄 거라고는 일말의 기대조차 안 했다.

"라나사, 거의 다 왔어. 조금만 더 힘내."

"치료실에 자리가 있으려나 모르겠다."

신전이 눈에 들어오자 라나사는 그제야 현실적인 걱정이 들기 시작했다.

결과적으로 아카데미는 안전하게 지켜졌지만, 그 과정에서 부상당한 아이들이 분명 있을 것이다. 작게는 피부가 살짝 베었다거나 하는 것부터 해서, 크게는 등에 업은 아이처럼 위험한 수준까지 있을 수 있다.

절망의 신전에서 과연 그 모두를 감당할 수 있을지 라나사의 눈가에 근심이 어렸다.

"없으면 만들어야지."

"뭐?"

"사람을 살리는 일이잖아. 가 보면 어떻게든 수가 생길 거야."

순한 얼굴로 담담히 말을 내뱉는 바율의 모습은 묘하게도 안심을 불러일으켰다. 어째선지 그런 녀석에게서 눈을 뗄 수가 없어 라나사는 달리면서도 계속 바율을 힐긋거렸다.

"다 왔다."

어느덧 신전의 정문이었다. 예상대로 안쪽에는 많은 학생과 교수들로 북적이고 있었다. 대충 살펴보니 대부분이

가벼운 찰과상 정도였고, 교수들은 본인들이 다쳤다기보다 상황을 살피러 온 것 같았다.

"바율!"

개중 로티어스 교수가 바율을 발견하고 손을 들며 외쳤다. 그 탓에 근처에 있던 모든 시선이 바율에게로 쏠렸다.

조금 전의 악몽에서 벗어날 수 있게 해 주었던 주인공이었다. 원래도 대단하다 생각했지만, 이제는 감히 함부로 쳐다볼 수도 없는 존재가 된 것만 같다.

마치 황제라도 왕림한 듯 다들 자연스럽게 길을 터 주었다. 고맙다는 인사가 줄지어 들려왔다.

"교수님도 어디 다치셨습니까?"

바율은 어색하게 학생들 사이를 지나쳐 로티어스 교수에게로 다가갔다.

"아니, 네 덕분에 무사하다. 빠르게 대처해 주어서 고맙구나."

"제가 해야 할 일인걸요. 그보다 이 아이가 많이 다쳤습니다."

지금은 한가롭게 공치사를 듣고 있을 때가 아니었다. 바율의 말에 로티어스 교수는 그제야 라나사의 등에 업혀 있는 환자의 존재를 알아차렸다.

"…싱클레어?"

대번에 그의 안색이 흐려졌다. 부상도 부상인 데다가, 아무래도 상대의 신분 때문에 더욱 신경이 쓰이는 눈치였다.

"이리로, 이리로 가자!"

로티어스 교수가 급히 서둘렀다. 신전의 치료실로 안내하는 그의 걸음에서 초조함마저 느껴졌다.

데나리드 왕국에서 전학을 왔다는 왕자, 싱클레어 헤셴 로랑.

그러고 보니 '로랑'이란 성이 낯설지 않다. 바율의 기억이 맞는다면, 로랑가는 십년전쟁의 시작이었던 토로스 왕가의 헬렉 왕이 후계도 없이 급사하면서 공작가에서 왕족으로 승격한 가문이었다.

왕위 계승권에선 한참이나 뒤에 있던 로랑가가 막판에 권력을 손에 넣게 된 것은 앞에 있던 이들이 줄줄이 죽어나갔기 때문이었다.

그래서 남 얘기 좋아하는 호사가들은 로랑 왕가를 '살인굴'이라 칭하기도 했다. 왕의 별명은 그에 잘 어울리는 '살인마왕'이었다. 그가 죽였다는 증거는 어디에도 없지만 말이다.

"수고했다. 너희들은 밖에서 기다리는 편이 나을 것 같구나."

다행히 빈 침상이 하나 남아 있었다. 사제님들과 수행 사제들 모두 부상자들을 치료하느라 정신이 없어 보였다.

바율이 신속하게 대응을 했다고는 하나 아무도 다치지 않은 것은 아니었다.

기실 이 정도로 끝난 게 엄청난 것이었지만, 침대에 누워 신음을 토하는 환자들을 보고 있자니 바율은 어쩔 수 없이 속이 상했다.

"나가자."

그런 바율의 심리를 꿰뚫은 듯 퀸이 그의 어깨를 감싸며 밖으로 이끌었다.

"여기에 좀 앉아서 쉴까?"

더 나가면 바글바글한 아이들 틈에 껴야만 했다. 반면 신성력 치료가 행해지는 치료실은 언제나 정숙해야 할 공간이었다. 그래선지 오가는 이들만 있을 뿐 비교적 조용한 편이었다.

하지만 그것도 오래가지는 못했다.

"바율!"

별안간 슈빅이 그들 앞에 나타난 것이다. 그런 녀석의 한쪽 팔둥에는 하얀 붕대가 감겨 있었다.

"슈빅, 다친 거야?"

"아, 이거? 별거 아니야. 좀 긁혔어."

"어쩌다가!"

붕대 때문에 상처가 보이진 않지만, 부위가 제법 넓었다. 최소한 자신이 아는 이들은 제발 다치지 않았으면 하고 속으로 그렇게 바랐건만, 슈빅이 그 바람을 무참히 깨뜨렸다.

"그게 말이지. 진짜 신기한 일을 겪었다?"

"뭐?"

어쩌다가 다친 거냐고 물었더니 갑자기 녀석이 흰소리를 늘어놓았다.

"지진이 났을 때 식당 근처에 있었거든. 갈라지는 땅도 피하고, 날아오는 돌 같은 거랑 나무까지 운 좋게 몽땅 싹 다 비켜 갔는데."

"그랬는데?"

"아, 글쎄! 분수대에 막혀서 넘어진 거 있지?"

"분수대?"

"응, 그게 하필 거기 있을 게 뭐람."

다시 생각해도 원망스럽다는 듯 슈빅이 콧잔등을 찡긋거렸다.

"듣다 보니 좀 이상해서 그러는데, 대체 어느 부분이 신기하다는 거야?"

라나사는 모든 이야기는 처음과 끝이 맞아떨어져야 한다

는 사고방식을 갖고 있었다. 하지만 슈빅의 말은 전혀 앞뒤가 맞지 않았다. 한마디로 라나사로서는 이해할 수 없었다는 뜻이다.

"내가 움직이는 다른 건 다 피했는데, 정작 멈춰 있던 분수대에 막혀서 넘어졌잖아. 아무리 한눈을 팔고 있었어도 그렇지, 그 큰 분수대에 걸린 게 너무 신기하지 않아?"

"…한눈을 팔아?"

"어! 셰임 쫓아다니느라 힘들어 죽는 줄 알았어."

그러니까 정리하면, 슈빅은 지진이 난 때 발생한 사고로 다친 게 아니었다. 녀석은 그저 셰임에게 홀려, 셰임이 정리하고 지나간 안전한 지대를 따라가다 제풀에 걸려 넘어진 거였다.

"신기하게 여길 대목은 그 부분이 아닌 것 같은데."

"그럼?"

"그 와중에 셰임에게 정신 팔린 게 난 더 신기해서 말이지."

"무려 땅의 정령이 내 눈앞에 나타났는데, 그걸 그냥 보내냐? 정보통으로서의 자존심이 있지, 그건 절대 안 되지!"

얼마 전에 그 자존심도 내팽개치고 도망간 게 어디의 누구였더라?

바율과 퀸이 가늘게 시선을 모으자 슈빅이 슬쩍 눈길을 피했다. 그러나 그 방향이 잘못되었다. 그곳엔 그를 그렇게 만들었던 장본인이 있었기 때문이다.

"야, 슈빅."

"…어?"

라나사가 말을 걸면 괜스레 긴장하게 된다. 슈빅이 저도 모르게 차렷 자세를 취하자 라나사가 어이없다는 듯 어깨를 들썩였다.

"너 무슨 죄지었니? 뭐 좀 물어보려던 것뿐인데, 뭘 그렇게 쫄아?"

"쪼, 쫄아?"

"됐고. 묻는 말에나 대답해 줘."

"으응!"

슈빅은 누가 봐도 어색할 정도로 고개를 세차게 끄덕였다.

"싱클레어 헤센 로랑이라고 알지?"

"알지. 당연히."

"알고 있었다고?"

바율이 갑자기 끼어들자 슈빅이 연무장 앞에서 마주쳤던 여학생들처럼 황당하다는 듯 눈을 깜박였다.

"그럼 니는 모르고 있었나?"

"네가 말을 안 해 줬는데, 내가 어떻게 알겠어."

"…뭐?"

갑자기 화살이 자기에게로 돌아오자 슈빅이 한 걸음 뒤로 물러나며 인상을 찡그렸다. 지금 이게 말인가 방귀인가 싶었다.

"데나리드 왕국의 왕자라던데, 사실이야?"

이번에는 퀸이 물었다. 그의 고압적인 말투에 슈빅은 내장이 꼬여 들어가는 것만 같았다.

아, 왜 얘들 앞에서는 잘못한 것도 없으면서 이렇게 주눅이 드는 걸까?

슈빅도 그러고 싶지 않은데 이상하게 퀸과 라나사는 어려웠다.

"응, 사실이야."

"무슨 수작이지?"

"수, 수작이라니? 내가 무슨 수작을 부렸다고 그래……?"

"떠벌리기 좋아하는 네가, 그런 인물에 대해 왜 우리한테 한마디도 안 한 거지? 암만 생각해도 난 그게 너무 수상하거든."

그건 퀸뿐 아니라 바율도 마찬가지였다. 무슨 일만 터지면 알아서 찾아와 마구 떠들어 대는 게 평소에 슈빅이 늘 하던 행동이었기 때문이다.

"이번에 전학 온 거라면서? 한데 무려 타국의 왕자가 전학까지 왔는데, 그걸 숨겨?"

급기야 퀸은 슈빅을 추궁하는 것으로도 모자라 구박까지 하고 있었다. 이쯤 되자 슈빅은 억울해서 미칠 지경이었다. 그래선지 자기도 모르게 목청이 커졌다.

"내가 숨기기는 뭘 숨기냐! 그것보다 더 큰 빅뉴스로 교내가 떠들썩했는데!"

전학생의 출신 성분이 워낙에 대단했기에 평소라면 충분히 화제가 되고도 남았을 테지만, 불행히도 '드래곤 슬레이어'를 이길 수는 없었다.

그나마 함께 수업을 들었던 아이들을 통해서 새로운 전학생에 대해 알음알음 퍼진 수준이었다.

"그리고 나도 말하고 싶었다고! 근데 첫날 식당에서 라나사가……."

슈빅의 말꼬리가 급격하게 흐려졌다.

"내가 뭐?"

라나사가 계속하라는 듯 턱을 들며 쏘아보자 슈빅이 눈을 내리깔며 대답했다.

"옥수수를 털어 버리겠다고…… 협박을 하는 바람에……."

"협박?"

슈빅의 단어 선택이 마음에 들지 않았다는 듯 라나사의 눈빛이 서늘해졌다.

"그 정도가 협박으로 들렸다니, 네가 진정한 협박을 모르는구나."

하긴, 곱게 자란 네가 뭘 알겠니.

라나사가 혼잣말로 작게 구시렁거리는 소리가 바율에게만 들렸다.

"여하간 알았으니까, 읊어 봐."

"어? 뭐를……?"

"싱클레어 말이야. 내가 성가신 일에 휘말린 건지 아닌지 파악해야 하거든."

귀찮은 일이라면 딱 질색인데, 괜한 목숨을 살려 줬다고 은혜를 갚겠다느니 어쨌다느니 굴까 봐 라나사는 은근 걱정이었다.

"왕자가 돼서 여기까지 와서 공부하는 걸 보면, 그리 중요한 인물은 아닌 거지?"

"네 번째인가, 다섯 번째인가. 암튼 왕세자는 아니래."

"성격은?"

"아직까지는 조용한 것 같아. 말수도 별로 없는 편이고. 툭 치면 픽 쓰러질 것처럼 허여멀겋게 생겼는데, 여자애들은 꽃미남이라면서 지나갈 때마다 얼굴을 붉히더라? 내가 보기엔 내가 더 나은데."

"……."

잠시 그 누구도 입을 열지 않았다. 머리에서 피를 흘리고 정신을 잃은 상태였지만, 싱클레어는 누가 봐도 대단한 미남자였다.

조금 전 슈빅의 말을 여학생들이 들었다면 엄청난 비난들이 쏟아졌을 것이다. 정보 수집에만 치중해서 그런지, 슈빅은 종종 이렇게 현실 감각이 떨어질 때가 있었다.

"여기들 있었냐?"

그때, 각자의 볼일을 마치고 반가운 친구들이 돌아왔다.

"라피트!"

로건의 곁에 멀쩡하게 선 녀석을 보고 바율은 안도의 숨을 내쉬었다. 물론 라피트의 시선은 이번에도 라나사에게만 박혀 있었다.

"선배, 무사해서 다행입니다."

"그래, 너도 무탈해 보이네."

"선배의 남자인데 이 정도로 무너지면 안 되죠."

"…무슨 남자?"

라나사는 자신이 잘못 들었다고 생각했다.

이 새끼가 미쳤나?

그녀는 아무 말 안 했지만, 바율은 왠지 이미 무언가를 들은 것만 같았다.

"제 여인이 되는 것은 싫다면서요."

"근데?"

"그래서 제가 선배의 남자가 되어 주려고요."

그러면서 씨익 웃어젖히는 모습이 라나사의 눈에는 정녕 또라이로 비쳤다.

물론 바율과 친구들에게도 마찬가지였다. 한숨을 지으며 고개를 숙이는 로건은 어디론가 도망이라도 치고 싶은 심정이었다.

"너 말이야. 멍청한 줄만 알았는데, 같은 말을 다르게도 할 줄 알았네?"

"아니, 이게 어떻게 같은 말입니까?"

"다른 건 또 뭔데?"

"선배의 남자가 되겠다는 건, 모든 걸 선배가 원하는 대로 바꾸겠다는 뜻입니다. 남자의 큰 약속이라고요!"

"내가 언제 그래 달라고 하던?"

라나사가 핵심을 찌르자 순간 당황한 라피트가 할 말을 잃고 눈알만 데룩데룩 굴렸다.

"귀엽게 봐주는 건 오늘까지야. 한 번만 더 까불어. 그땐 그냥 이 세상과 작별 인사를 하게 해 줄 테니까."

싱클레어를 무사히 신전에 데려다주었으니 라나사의 할 일은 끝났다.

"바율, 나 먼저 간다."

그녀는 손을 흔들더니 뒤도 안 돌아보고 신전 밖으로 사라졌다.

"선배!"

황급히 따라나서는 라피트의 뒷모습이 오늘따라 유독 처량해 보이는 것은 왜일까.

"아무리 봐도 가망 없다, 네 동생."

일라이의 냉정한 평가에 로건도 동의하는 바였다.

"언제쯤 인간이 되려는지."

가끔은 저게 진짜 같은 어머니의 뱃속에서 나온 형제가 맞는지 의심이 들 때가 있었다.

Chapter 7.
천족이라고?

1.

토요일 오전.

바율은 일찍부터 친구들과 함께 기숙사를 나와 캐링스턴의 저택으로 향했다. 어제 발생한 지진의 여파로 총장이 전체 휴강을 선언하는 바람에 신이 난 학생들이 아침부터 소리를 지르고 난리도 아니었다.

아무리 부상자가 별로 없어 가볍게 끝났다고는 하나, 지진이란 재해를 겪은 뒤의 후유증은 직접 겪어 보지 않은 사람이라면 절대 모를 것이다.

그런데 그걸 바율이 너무 손쉽게 해결해서인지, 그도 아니면 아직은 철없는 십 대 소녀, 소년들이라서 그런 건지.

다들 어제 사고는 다 잊기라도 한 듯 만면에 웃음기가 가득했다. 휴강 때 무사히 쉴 수 있게 해 줘서 고맙다며 마주치는 이마다 바율에게 인사를 건네기도 했다.

역시 학생들에겐 방학 다음으로 좋은 게 휴강이라는 사실이 여지없이 증명되었다.

"라나사는 도르하에서 보기로 한 거야?"

마차로 이동 중에 로건이 묻자 바율이 그렇다며 고개를 끄덕였다.

"응, 원래 집이 거기니까."

"집이라고 부르기도 싫겠어. 아니, 그곳에서 보내는 모든 시간이 얼마나 괴로울까? 나라면 한시도 못 버틸 것 같은데."

라나사를 시샘할 때는 언제고, 에이단이 그녀의 처지가 딱하다며 안타까운 기색을 숨기지 않았다.

"하루하루가 곤욕스럽겠지. 그 성격에 용케 그리 참고 사는 걸 보면, 분명 무슨 꿍꿍이가 있을 거야."

일라이의 추리에 바율은 감탄하며 입을 벌렸다. 그러자 녀석이 '그것 봐라' 하며 거만을 떤다.

바율은 차마 라나사가 식장에서 깽판을 치는 것이 원대한 목표였다는 말까지는 꺼내지 못했다.

"꿍꿍이라고 하긴 뭐하지만, 사실 라나사가 만월 기사단에 들어오고 싶다고 하더라고."

"헐, 진짜?"

"라나사 정도면 졸업하자마자 가능할 것 같긴 한데?"

"실력 하나는 끝내주니까. 어떻게 그 여린 몸에서 그런 힘이 나오는지, 놀랄 때가 한두 번이 아니야."

"타고난 거야."

"응? 타고났다고? 로건, 네 눈에는 그런 게 보이나 보지?"

세이모어 백작가는 제국에서 란데르트 공작가 다음으로 대단한 무력을 갖춘 가문이었다. 실제로 십년전쟁이 터지고 란데르트 공작이 그 이름을 떨치기 전까지는 제국 최고의 기사 가문이라고 불리었다.

그랬기에 로건은 애초에 사람의 신체를 파악하는 눈이 남달랐다. 어려서부터 자연스럽게 몸의 사용법을 익혀 왔기 때문이다.

"겉으로는 그저 날씬하기만 해 보여도, 라나사는 온몸이 근육 덩어리야. 여자라서 티가 잘 나지 않을 뿐, 잔 근육이 제대로 잡혔어. 몸의 균형 역시 훌륭하고. 덩치가 크다고만 싸움을 잘하는 게 아니라는 건 너희들도 알 거야."

"그야 당연하지! 싸움은 전략과 기술로 하는 거라고!"

본인에게 한 말도 아닌데, 에이단이 발끈해서는 소리쳤다.

"그래, 에이단. 네 말이 맞아."

로건은 일단 녀석을 진정시켰다. 고의는 아니었지만, 에이단에게는 충분히 자극이 될 수도 있는 말이라는 걸 이제는 아는 탓이다.

"여자는 남자보다 근육을 발달시키는 게 어려워. 그건 체질적인 문제거든. 근데 고작 검을 잡은 지 5년도 되지 않은 라나사가 나와 비등한 실력을 갖추었어. 내 입으로 말하기 좀 그렇지만, 어려서부터 검술에 재능이 있다는 소리를 들으며 자란 나와 별다를 게 없다는 뜻이야."

로건의 논리적인 설명을 듣고 있자니 라나사가 생각했던 것보다 훨씬 엄청난 인재임을 알 수 있었다.

"물론 불행한 삶을 이겨 내고자 더 악바리처럼 노력했겠지. 아마 몇 년 후에는 나보다 한참 위에서 놀지도 모르겠어."

그만큼 라나사는 천재적인 재능을 지녔다는 얘기였다.

"보스트리지 남작가엔 딱히 이름난 기사가 없지 않던가? 거긴 포도밭으로 먹고사는 곳이잖아."

"인간들은 포도로 만든 술이 없으면 밥도 못 먹는 것 같더군."

퀸이 혀를 차며 빈정거렸지만, 언제나와 같은 모습이기에 새삼 무어라 대꾸하는 사람은 없었다.

"이쯤 되면 라나사의 친부가 누구인지 되게 궁금해진다. 설마 이름만 대면 다 알 정도로 유명한 기사인 건 아니겠지?"

"출생의 비밀이란 건 언제나 극적인 요소가 존재하지. 그럴 가능성을 배제할 순 없어."

실제로 매년 빠지지 않고 귀족 사회에서 터지는 게 염문설이었다. 혼인의 유무는 그들 사이에서 아무런 방해가 되지 않았다. 문란하고 퇴폐적인 사생활을 즐기는 귀족들은 너무나 많았고, 그로 인해 사생아는 언제나 넘쳐났다.

라나사가 그 피해자란 사실이 안타까울 뿐이다.

"근데 그것보다 만월 기사단에 입단하고 싶어 하는 게 더 큰 문제 아니냐? 거긴 아무나 들어갈 수 없잖아."

"아, 그렇지. 달의 일족을 깜박했네."

지금껏 란데르트 공작은 오로지 느낌만으로 단원들을 뽑았다. 그리고 라예가르는 그걸 보고 본능적으로 달의 일족을 알아본 거라며 재미있다는 듯 웃었다.

"하지만 라나사의 꿈은…… 만월 기사단에 입단하는 거야."

그 말을 하며 잠시 꿈에 젖었던 그녀의 얼굴이 떠오르자 바율은 마치 죄라도 지은 기분이었다. 꼭 지옥 같은 집에서 탈출해서 행복한 삶을 찾았으면 했는데, 하필 장벽이 높아도 너무 높았다.

"왜 갑자기 울 것 같은 표정인데?"

"라나사의 꿈이 무너질까 봐 겁나서 그래?"

"바율, 너 설마…… 라나사 좋아해?"

"뭐어?"

바율은 난데없이 무슨 뚱딴지같은 소리냐는 듯 인상을 구겼다. 라나사를 이성으로서 생각해 본 적이 단 한 번도 없었기 때문이다.

"에이단, 라나사는 친구야. 나에겐 너와 같은 친구라고."

"…진짜지?"

"네가 라나사처럼 만월 기사단에 들어가고 싶은데, 달의 일족이 아니라서 안 된다고 하면 지금처럼 똑같이 우울해질 거야."

바율의 해명에 그제야 에이단의 안색이 조금은 누그러졌다. 요즘 들어 녀석이 왜 이렇게 예민해진 건지 알다가도 모를 일이었다.

"그럼 라나사가 달의 일족이길 비는 수밖에 없는 건가?"

일라이의 해결책은 간단하면서도 어려운 문제였다.

"오십 대 오십이잖아. 벌써부터 걱정해서 뭐 해."

"바율. 그게 정 마음에 걸리면, 이번에 축제 때 란데르트 공작 전하께서 오신다면서. 그때 살짝 여쭤봐도 되지 않아?"

"아! 정말 그럴까?"

결과가 어찌 되었든 속은 시원해질 것이다. 달의 일족이 아니라고 판명 나면 사정을 설명해 주고 서둘러 포기시키는 게 나을지도 모른다.

물론 그런 일은 생기지 않았으면 좋겠다. 바율은 애초에 말재주도 없지만, 실망할 라나사를 마주할 자신은 더더욱 없었다.

"라나사 얘기는 이쯤하고, 셰임은 뭐래? 이번 지진, 아무래도 너무 수상하단 말이야."

일라이가 돌연 낯빛을 굳히며 어제의 문제를 지적했다.

정령석이 멀쩡하게 박혀 있는 걸 일행 전부가 직접 눈으로 확인까지 했다. 한데 그간 평화롭기만 하던 캐링스턴에 예고도 없이 지진이 터졌다는 게 너무 찜찜하다.

"셰임도 의아해하더라고. 자연적인 지진이라면 전조 현상이 있었을 테고, 그랬다면 땅의 정령인 그가 모를 리 없었을 테니까. 그리고 여진 역시 없었잖아?"

"그럼 누군가 일부러 인공적으로 그랬다는 거야?"

"그게 가능해?"

"정령사인 바율 네가 아니고서야, 그걸 누가 할 수 있는데?"

말하고 나니 이상해도 한참 이상했다.

"셰임이 주변을 살펴본 결과, 아카데미만 지진이 났었대. 다른 곳으로는 피해가 일절 전이되지 않았다는데, 난 그게 마음에 걸려."

"마황 그 자식이 그런 거 아니야?"

일라이가 대뜸 마황을 용의자로 거론했다.

"야, 라이. 네가 아무리 마족이 싫어도 그렇지, 그게 말이 되냐? 바율에게 잘 보여도 모자랄 판에 무슨 그런."

에이단의 면박에 로건과 퀸이 동조하며 손을 저었다.

"크리스 씨는 오히려 도움을 주었으면 주었지, 그럴 리 없어. 그리고 마력이 발동했다면, 이사장님이 먼저 아시지 않았을까?"

"……."

바율의 이성적인 발언에 일라이가 입을 쏙 다물었다. 맞는 말이긴 한데, 마족에 대한 반감 때문인지 왠지 짜증이 치솟는다.

"진짜 누가 왜 그런 거지? 원하는 게 뭐기에 이런 사달을 만들어? 바율, 셰임이 잘못 판단한 건 아니야?"

"상급 정령이 그럴 걸 모를 순 없을 것 같아."

바율이 친구들에게 굳이 다 설명하지는 않았지만, 사실 그도 셰임과 같은 생각이었다. 전대 정령왕의 기운을 자유롭게 구사할 수 있게 되면서, 확실치는 않으나 자연에 대해 어느 정도 짐작이 가능한 경지에 이르렀다.

"이런 걸 할 수 있는 존재가 나밖에 없다고 했잖아. 그래서 생각한 건데……."

친구들은 말끝을 흐리는 바율의 입술을 보며 얼른 말하라고 재촉했다.

"…혹시 나와 같은 정령사는 아닐까?"

"으잉? 너랑 같은?"

"어. 전대 정령왕들이 정령계가 멸망하기 직전에 각자의 수하를 피신시켰다고 했잖아. 그중 내가 어머니의 힘을 이은 것이고."

"바율 네 말은, 그럼 나머지 셋이 더 있을 거다? 어제 일은 그중 하나가 벌인 짓이다?"

"그냥 추측일 뿐이야."

상대가 누구든 괘씸한 짓을 저질렀다. 바율이 없었더라면 그야말로 아카데미 역사상 가장 참혹한 환경이 연출되었을 것이다. 어린 학생들의 목숨을 담보로 잡고 이럴 수는 없다.

"나 지금 불쾌한 생각이 하나 막 떠올랐는데."

퀸이 그답지 않게 이어 말하지 않고 머뭇거렸다. 그에 친구들의 시선이 불안하게 얽혔다.

무슨 말로 또 정신을 사납게 하려는 건데!

말을 허투루 하는 법이 없는 퀸이기에 더욱 긴장되었다.

"혹시…… 시험하는 건가?"

"시험?"

이제 '시험' 하면 가장 먼저 떠오르는 게 중간고사나 기말고사가 아니었다. 특무대신으로서 가국을 방문했던 그들 일행을, 노숙까지 시켜 가며 말도 안 되는 짓거리를 행했던 사다함 태자가 연상되었다.

이후 진심으로 사과를 전하기는 했지만, 당시의 분노는 여전히 머릿속을 차지하고 있었다. 그나마 태고의 신물을 받았길 망정이지, 안 그랬으면 두고두고 저주를 퍼부었을 것이다.

"너와 다른 정령사가 진짜로 있다고 가정을 해 보자고. 당연히 너의 존재를 소문으로 들어서 알고 있겠지?"

"현재 대륙에서 제일 유명세를 떨치고 있는 위인인데 모른다는 건 말도 안 되지."

"가설을 그대로 가져가자면, 궁금하지 않았겠어? 말로만 들었지, 보지는 못했으니까."

"헐…… 그래서 이딴 못된 짓을 꾸몄다고?"

"뭐, 질투가 났을 수도 있었을 거야. 자기도 같은 정령사인데, 바율만 혹 떠 버렸으니까."

바율의 안색이 순식간에 핼쑥해졌다. 다른 정령사를 먼

저 떠올린 건 그였지만, 단순히 그게 다였다. 그 생각 어디에도 상대가 자신을 시험하기 위해 아카데미를 망가뜨렸다는 짐작은 없었다.

"…어떻게 찾지?"

퀸의 가설일 뿐인 말에 바율은 동요했다. 만약 이게 사실이라면 말려야 하기 때문이다. 같은 일이 또 벌어지게 둘 수는 없었다.

"진정해, 바율. 퀸은 그저 추측한 거잖아. 다른 제삼의 인물이 있을 가능성도 충분해."

바율이 걱정된 나머지 로건은 되는 대로 아무 말이나 내뱉었다.

"제삼의 인물?"

"그래, 가령 카셀이란 놈 말이야."

가장 최근에 대치했던 그가 제일 먼저 떠올랐다.

"맞아! 그 구렁이 같은 자식이 복수하겠답시고 일을 꾸몄을 수도!"

"너네 바보냐?"

일라이가 뒷목 잡는 시늉을 하며 또박또박 말했다.

"마법 흔적은 전혀 없다고 이미 공식적인 조사가 끝났어. 게다가 놈은 템페스타가 졸졸 따라다니고 있다면서. 이럴 틈이 있겠냐?"

젊은 나이에 감찰 대신이란 타이틀을 따내고 천재 마법사로 불리는 카셀이지만, 여러 가지 상황을 고려했을 때 그가 이번 일을 주도했다는 건 다소 어폐가 있었다.

"아 씨, 그럼 누군데!"

에이단이 갑자기 성질을 내며 버럭 소리를 질렀다.

"워워!"

그때 일행이 타고 있던 마차가 마침 바율의 저택 앞에 도착했다. 그리고 마치 정해진 순서처럼 현관의 문이 열리며 리타가 달려 나왔다.

"도련님!"

그런 그녀의 뒤에는 이언은 물론이고, 마황과 데스의 형제들, 그리고 황도에서 보고를 마치고 돌아온 맥 보좌관까지 시립해 있었다.

"우리끼리 고민할 게 아니라 저쪽에 물어보는 게 빠를 것 같기도 한데?"

일라이의 얼굴이 비뚤어지는 것을 아는지 모르는지, 퀸이 나름 훌륭한 해결책을 제시했다.

그래, 바율 앞에 보이는 이들은 무려 마신들이었다. 개중엔 마황까지 있다. 뭔가 알아낼 수 있을지 모른다. 아니, 알아내야만 했다.

"리타, 다녀왔어!"

바율은 마중 나온 리타에게 살갑게 인사하며 마차에서 뛰어내렸다.

2.

"도련님, 아침은 드셨어요?"

늘 그렇듯 리타는 바율을 보자마자 끼니부터 챙겼다.

"그럼! 아카데미에서 먹고 왔지. 리타는?"

안 그래도 요즘 더 마른 것 같다면서 은근 잔소리가 늘어난 탓에, 바율은 부러 강조하며 대답했다. 사실 살이 빠진 게 아니라 키가 조금 더 자란 것이었지만, 리타로서는 그 차이를 알지 못했다.

"저도 당연히 먹었죠. 매일 새벽부터 배고프다고 난리를 피우는 군식구가 몇 명인데요. 밥 해 먹이려면 저도 열심히 먹어야 한다니까요?"

그 군식구가 누구인지는 굳이 물을 필요도 없었다. 리타의 뒤에서 눈만 끔벅거리고 있는 시꺼먼 사내들을 향해 자연스레 시선이 모였다.

"그럼 전 얼른 점심 준비하러 갈게요. 친구분들도 드시고 가실 거죠?"

아직 시간은 오전 10시도 되지 않았다. 그런데도 리타는 벌써부터 점심 타령이었다. 바율이 그러지 말고 좀 쉬라며 말리려는데, 친구들이 짜기라도 한 듯 힘차게 고개를 끄덕거렸다.

"암, 누가 해 주는 건데. 꼭 먹고 가야지!"

"이럴 때 아니면 리타 음식을 언제 또 먹겠어, 우리가. 퀸, 너도 괜찮지?"

"호의에서 비롯된 초대를 거절하는 건 예의가 아니지."

"고마워, 리타."

마지막으로 로건이 미소를 지으며 대꾸하자 리타가 쑥스러운 듯 손사래를 쳤다.

"에이, 손님으로 오셨는데 마땅히 제가 해야 할 일이죠. 게다가 이따가 도르하에 가서 나쁜 놈들 잡으실 거잖아요! 그때 힘내시라고 제가 특별식을 마련했으니, 다들 이따 잊지 말고 맛있게 드셔 주세요!"

"잊었으면 좋겠군. 한 끼 거른다고 죽는 것도 아닌데."

리타는 주방으로 향하느라 듣지 못했지만, 데스가 미간을 좁힌 채 구시렁거리는 소리가 바율과 친구들에게 선명하게 들렸다. 그는 현재 먹을 입이 네 개나 더 늘었다는 사실에 잔뜩 심통이 나 있는 상태였다.

처음 보는 모습도 아니라서 다들 피식 웃음이 났지만, 데스가 진심으로 하는 말이라는 것을 너무나도 잘 알기에 아무 말 않고 입을 꾹 닫았다.

물론 마족이라면 치를 떠는 일라이는 좀 달랐다.

"그 한 끼에 목숨까지 거는 한심한 작자가 본인이라는 걸 전혀 모르는 모양이네."

"내 말이."

딴에는 데스를 자극하겠답시고 한껏 비아냥거렸건만, 난데없이 마황이 혀를 차며 일라이의 편을 들고 나섰다.

"맛있는 음식일수록 나눠 먹어야지. 안 그래, 바율?"

크루델리스가 꿀이 뚝뚝 떨어질 것만 같은 눈빛으로 바율을 바라보았다. 근 일주일 만에 바율과 만났다. 옛 연인의 기운이 지척에서 다시 느껴지자 그의 기분이 삽시간에 고양되었다.

"하하, 네⋯⋯."

바율로서는 참으로 부담되는 시선이 아닐 수 없었다.

"말투가 왜 저렇게 느끼해?"

마황의 부드럽다 못해 끈적한 태도는 자연스레 친구들에게도 거북함을 불러일으켰다. 퀸이 마음에 안 든다는 듯 인상을 찌푸렸고, 에이단은 로건에게 귀엣말로 속닥거렸다.

"아무튼 마족들은 전부 이상한 것 같아. 정상이 없어."

로건은 굳이 입을 열지는 않았지만, 머리를 살짝 가로젓는 것으로 공감의 뜻을 내비쳤다.

"이만 안으로 들어가시죠."

그때 바율을 곤경에서 구제라도 하듯 이언이 단박에 일행의 관심을 돌려놓았다.

"공작 전하께서 보내신 서신이 어젯밤에 당도했습니다."

"아, 그래요? 이언 경, 빨리 가요."

그 서신에는 카셀을 어찌해야 할지에 대한 내용이 담겨 있었다. 바율은 서둘러 저택 안으로 발길을 옮겼다.

나의 아들, 바율에게.

새 학기가 시작되었는데, 아카데미 생활에는 잘 적응하였느냐?

방학 기간 내내 제대로 쉬지도 못하고 돌아가게 되어서 아비의 마음은 편치가 않다.

아카데미에서만이라도 조용하게 지냈으면 했거늘, 이번에는 또 보이텍 후작의 아들이 너의 발목을 잡는구나.

오늘 네 숙부가 돌아왔다.

리암과 상의한 결과, 당분간은 굳이 카셀의 뒤를 캐내지 않는 것이 낫겠다는 결론을 내렸다. 여러 이유가 있지만, 그의 누이인 카트린느 후궁이 홑몸이 아니라는 게 결정적 사유다.

그와 얽힌 사건을 조사하다 행여 어떤 불상사가 생길지 모르기에 내린 조치이니, 괜히 마음 상하지 않았으면 좋겠구나. 노예 상인 문제도 너무 무리하지 않길 바란다.

캐링스턴에 머물 때만이라도 이 아비는 바율 네가 학생의 본분만을 생각해 주었으면 한다. 친구들과 열심히 웃고 떠들며 공부하는, 그런 평범한 일상 말이다.

이미 온 세상이 너의 존재를 알고 있지만, 최소한 남은 아카데미 생활만큼이라도 그저 평화로웠으면 하는 게 아비의 솔직한 욕심이다.

네가 떠난 지 며칠 되지도 않았는데, 벌써 옆자리가 허전하구나.

가을 축제가 어서 시작되길 바란다. 그때까지 부디 잘 지내고 있거라.

사랑한다, 아들아.

바율은 아버지의 마지막 말을 읽고 또 읽었다. 아버지께 사랑한다는 말을 듣는 것이 처음도 아닌데, 오늘따라 유독 가슴이 찌르르한 느낌이었다.

서찰의 하단 부분에 쓰인 아버지의 사인 필체에서 왠지 모르게 따뜻함이 전해졌다.

생각해 보면 아버지는 자신을 미워한 적이 단 한 번도 없으셨다. 그저 바일을 잃은 슬픔과 충격으로 힘들어하셨던 것뿐이었다. 그걸 형에 대한 죄책감과 미안함 때문에 스스로가 오해하고 줄곧 나쁜 상상만 했었다.

지난날의 자신은 참 바보 같았다.

'오해할 걸 오해해야지…….'

아버지의 절절한 애정이 느껴지는 서찰을 곱게 접으며 바율은 애써 뭉클한 감정에서 빠져나왔다. 자신이야말로 가을 축제가 빨리 왔으면 좋겠다.

"작은아버지께서 돌아오셨네요. 릴리스 누나의 결혼 때문이죠?"

친구들은 밖에서 바율을 기다리고 있었다. 실내엔 지금 바율과 이언, 맥 보좌관만이 자리했다.

"예, 도련님. 더 이상 혼인을 미루는 것은 실례라시면서 잠시 귀국하셨습니다."

"날짜가 잡히면 반드시 말씀해 주세요. 학기 중이더라도 꼭 참석하고 싶어요."

사촌 형인 데릭 일로 바율은 내내 작은집에 짐을 진 듯한 기분이었다. 자신을 친자식처럼 아껴 주시는 작은아버지께

몹쓸 짓을 한 것만 같아서 죄스러웠다.

더욱이 릴리스 누나는 어린 시절부터 한결같이 그들 쌍둥이를 예뻐하고 잘 놀아 주던 고운 품성의 여인이었다. 그녀의 결혼식이 빛날 수만 있다면 바율은 무엇이든 해 주고 싶었다.

"릴리스 아가씨께서 기뻐하시겠군요."

이언도 친오빠인 데릭과는 아예 결이 다른 릴리스를 평소 좋게 봐 왔다. 본인의 의지와 관계없이 늦어지는 혼인에 화를 내거나 싫은 기색을 내비칠 수도 있었을 텐데, 그녀는 웃는 낯으로 괜찮다며 이해하고 받아들였다고 들었다.

곧 치러질 그녀의 결혼식이 란데르트 공작가에도 좋은 영향을 주었으면 하는 게 바율을 모시는 이언의 작은 바람이라면 바람이었다.

"선물을 준비해야 할 것 같은데, 어떤 게 좋을까요?"

결혼 선물이라는 건 한 번도 해 본 적이 없었다. 바율은 문득 드는 생각에 절로 심각해졌다.

"그건 차차 고민하시고, 우선 제 보고부터 받으시면 안 되겠습니까?"

사촌 누나의 결혼 선물을 고민하는 바율을 보고 있자니 맥은 웃음 짓지 않을 수 없었다.

본의 아니게 바율의 보좌관으로 임명이 되면서 지난 몇

달을 때아닌 질풍노도의 시기로 보냈다. 평생을 살면서 한 번도 마주할 리 없는 존재들을 한꺼번에 목도한 충격으로, 얼마간 제정신이 아니었다.

마족이니 드래곤이니 하는 건 책을 통해서나 알고 배웠지, 눈앞에서 직접 보게 될 줄은 결코 몰랐다.

그런데 서서히 정신이 돌아오고 차근차근 따져 보니, 그건 그가 모시는 바율 역시 전혀 다를 바가 없었다.

자연을 제어하는 정령사.

바율이야말로 이 세계에 유일무이한 엄청난 존재임을 새삼 자각한 것이다.

가뭄과 홍수를 해결하고, 멈춰 버린 바람을 일으키며 드래곤과 대등하게 겨루어 내는 대륙의 위대한 첫 번째 정령사.

그런 바율에게 초월적 존재가 꼬이는 것은 어찌 보면 너무나 당연한 수순이었다.

한데 정작 그 당사자가 어느 때보다 진지한 얼굴로 사촌 누이의 결혼 선물을 고심하고 있다는 게 순간 웃음이 날 뿐이다.

한편으로는 고작 열일곱 살이란 나이에 그런 어마어마한 능력을 갖고도 그것을 과시하지 않는 바율이 대단하단 생각도 들었다.

순수하면서도 어른스러운 면을 갖춘 본인의 상사가, 맥은 퍽이나 마음에 들었다.

"아, 네. 맥 보좌관님. 오랜만에 뵙는데 제가 너무 다른 말만 했네요. 도르하에 관해선 이언 경에게 들으셨죠?"

"랑트에 온천 도시를 만들고 있다는 것까지 전부 전해 들었습니다. 제가 베르가라에 간 사이에 많은 일들을 하셨던데요."

"어쩌다 보니 그리되었네요. 폐하께선 뭐라고 하시던가요?"

보통의 경우엔 특무대신인 바율이 직접 황제를 찾아뵙고 보고를 올리는 것이 맞았다.

하지만 그런 절차는 많은 시간을 잡아먹는다. 학생 신분으로 방학 때마다 황제의 명을 수행해야 하는 바율에겐 적지 않은 부담이다. 해서 특별히 황제가 편의를 봐주어 맥보좌관이 그것을 대신하기로 약속되어 있었다.

그래도 명색이 특무대신인데 그러면 안 되는 것 아닌가 싶었지만, 기실 아카데미 핑계가 아니더라도 황제를 대면하는 것은 아직 바율에겐 너무나 어려운 과제였다.

바율은 지금이 편했다. 아무리 황제의 호의가 있었다고는 하나, 적당한 대리인이 없다면 정말 곤란했을 터였다. 그런 의미에서 둘 사이에서 다리가 되어 주는 맥 보좌관이야말로 바율에겐 무척이나 감사한 이였다.

"무무왕 전하의 서찰을 받아 보시고 매우 기뻐하셨습니다. 안에 뭐라 쓰였는지는 모르겠으나, 란데르트 백작님을 장장 한 시간이 넘도록 칭찬하셨습니다."

"한 시간이나요?"

"그것뿐인 줄 아십니까?"

맥은 아까부터 들고 있던 종이를 바율에게 내밀었다.

"폐하께서 내리시는 상입니다."

"상이요?"

바율은 마치 '또?' 하고 묻는 듯한 표정이었다. 작위를 하사받으면서 이미 많은 것들을 받았기에 그러했다.

"금번 일로 우리 제국에서 챙길 이득은 무궁무진합니다. 이제 첫 시작일 뿐인걸요."

가국의 재해를 해결한 바율의 신위가 이미 대륙 전체로 번지고 있었다.

바율은 몰랐지만, 끝까지 정령을 믿지 못했던 사람들과 과장된 소문일 거라 일축했던 많은 대륙인들은 이번 일로 인해 술렁이고 있었다.

바율의 존재를 알리며 제국의 위상을 더욱 드높이는 것이 목적이었던 황제에게 바율은 그야말로 아주 큰 공을 세운 셈이었다.

부자가 나란히 제국의 번영을 위해 태어난 것만 같다며 황제는 끊임없이 대소하며 기뻐했다고 한다.

"뭐가 많네요……."

종이에 쓰인 것은 하사품의 목록이었다. 곡식과 비단부터 해서, 가축에 여러 나라의 특산품까지. 바율은 잘 알지도 못하는 것들이 수두룩하게 적혀 있었다.

하지만 '땅'은 없었다. 해밀턴으로 몰려드는 이주민들 문제로 얘기가 나왔을 때, 황실의 땅이라도 주었으면 좋겠다고 했던 사다드의 말이 불쑥 떠올랐다.

아버지의 엄한 눈빛에 사다드가 급히 말을 흐렸지만 바율은 기억하고 있었다. 황제 폐하가 은근 짠돌이라던 그의 말을.

'정말 사다드 경의 말대로 인색하신 건가.'

한 번도 땅을 욕심내 본 적은 없었는데, 바율은 괜히 입술이 삐죽 튀어나왔다.

3.

맥 보좌관의 보고는 이후로도 한참이나 이어졌다. 학기가 시작되었으니 당장 원정을 떠날 일은 없었지만, 바율을 찾는 이들의 수가 큰 폭으로 증가했다.

사교 모임에 참석해 달라는 초대장은 기본이었고, 파손된 자연을 복구시켜 달라는 요청 등 명분도 이유도 아주 각양각색이었다.

물론 그 대부분은 보좌관인 맥의 선에서 걸러졌다. 하나바율은 그의 상사였고, 그는 보좌관이기에 이러한 일이 있었다는 보고를 올려야 할 의무가 있었다.

"…이상입니다."

"휴, 드디어 끝난 건가요?"

바율은 듣는 것만으로도 진이 다 빠졌다. 이 많은 걸 어떻게 하나도 빠짐없이 정리까지 해서 서류로 작성할 수 있는 건지, 맥이 존경스러울 지경이었다.

"마지막으로 한 가지, 드리고 싶은 말씀이 있습니다."

"네, 맥 보좌관님. 말씀하세요."

그의 말투가 사뭇 진중해졌다. 맥은 쓸데없는 말을 늘어놓는 타입이 아니었다. 그런 만큼 그에게서 무슨 소리가 나올지 몰라 바율은 순간 긴장했다.

"백작님께서 혹시나 염려하고 계실까 하여 처음이자 마지막으로 드리는 말씀입니다. 그간 제가 백작님 곁에서 보고 경험한 온갖 존재에 대하여 폐하께는 한마디도 꺼내지 않았습니다. 앞으로도 쭉 함구할 생각입니다."

여기서 그가 '보고 경험한 존재들'이라 함은, 마족과 드래곤을 일컫는 말이었다. 그리고 그는 이미 그 부분에 대해 약속을 한 바가 있었다.

　"그건 일전에 진즉 저와 약조를 하셨는데요."

　"저는 폐하께서 직접 임명하신 백작님의 보좌관입니다. 그래도 절 믿으시는 겁니까?"

　"…제가 보좌관님을 믿지 못하면요?"

　"예?"

　"그럼 맥 보좌관님 마음이 편하시겠습니까?"

　"아니요! 당연히 편치 않습니다! 백작님께서 저를 믿지 못하시는데, 백작님의 보좌관인 제가 어찌 편할 수 있겠습니까?"

　"그러니까요."

　당황하는 맥을 본 바율은 웃으며 말했다.

　"제가 믿어야 저도 맥 보좌관님도 편해지겠죠. 누군가를 의심하는 건 그것대로 너무 피곤한 일이잖아요. 그리고."

　바율은 잠시 쉬었다가 본심을 꺼냈다.

　"음, 어떻게 들으실지 모르겠는데…… 사실 제가 사람 보는 눈은 좀 있는 것 같거든요. 제 친구들을 보시면 아실 것 같은데."

　"아."

맥 보좌관은 자기도 모르게 고개를 주억였다.

"한 말씀 더 보태자면, 전 처음부터 맥 보좌관님이 마음에 들었습니다. 그냥 느낌이라고 할게요. 왠지 정이 가는 분이라고 생각했거든요."

"…그러셨습니까?"

바율의 고백이 의외였는지 맥 보좌관의 얼굴이 놀라움으로 물들었다.

하지만 그것도 잠시, 그는 이내 본연의 똑 부러진 모습으로 돌아갔다.

"다시는 전처럼 놀라서 제대로 임무를 수행하지 못하는 둥 한심하게 굴지 않을 겁니다. 비록 제 보좌관직 임명은 폐하께서 하셨지만, 제가 모시는 분은 란데르트 백작님이십니다. 본분에 충실할 것임을 다시 한번 약속드립니다."

맥은 머리가 상당히 좋은 편이었다. 귀족으로 태어나지는 못했지만, 그 뛰어난 두뇌 덕에 젊은 나이로 황제의 눈에까지 들었다.

처음엔 자신을 알아봐 준 황제에게 평생을 감사하며 충성하겠노라 다짐했었다.

하지만 어느새 마음이란 게 어린 주군에게로 향했다. 입궁한 지 얼마 되지도 않은 그가 황제에게 충심을 보일 시간도 부족하긴 했다만, 냉정하게 따지고 보면 이 나라의 주인이라는 황제보다도 바율이 훨씬 대단하고 매력적인 인물이었다.

막말로 마족과 드래곤까지 거느린(?) 바율을 두고 딴마음을 품기란 애초부터 그에겐 요원한 일이었다.

"말씀 감사하네요. 제가 많이 부족합니다. 모쪼록 앞으로도 잘 부탁드릴게요. 맥 보좌관님."

"최선을 다하겠습니다."

이로써 목에 걸린 가시처럼 답답하던 속내가 뻥 뚫렸다. 진심을 전했으니, 이젠 그저 마음을 다해 일하면 될 것이다. 맥은 그럴 자신이 있었다.

"저는 그럼 이만 친구들에게로 가 볼게요."

맥과의 사이가 조금은 진전된 것 같아 바율도 뿌듯했다.

'사다드 경에게 따로 편지라도 보내야 할까.'

맥을 염려하던 사다드가 불현듯 떠올라 바율은 문을 나서면서 피식 웃음을 지었다.

4.

"여기들 있었어?"

친구들은 응접실에 둘러앉아 뭔가 심도 있는 대화를 나

누던 중이었다. 그런데 그 상대가 어울리지 않게 마황과 데스였다.

"무슨 얘기 중이었어?"

바율이 자리하며 묻자, 에이단이 초록색 눈을 들어 마주 보며 심각하게 되물었다.

"바율, 너 아무것도 못 느꼈어?"

"…느끼다니? 뭘?"

"다른 정령사의 짓일 수도 있을 거란 가설 말이야. 지금 아카데미에 지진 났었던 얘기 중이었거든."

"다른 정령이나 정령사의 기운 같은 거, 혹시 느껴지지 않았어?"

로건이 주어를 덧붙이자 바율은 그제야 질문의 의도를 이해했다.

"글쎄. 그런 건 잘 모르겠는데……."

애초에 바율은 다른 정령이니, 다른 정령사니 하는 존재 자체를 만나 본 적이 없었다. 당연히 그런 게 있다고 해도 어떤 기운을 가졌는지 알 까닭이 없다.

바율은 그저 지진이 난 순간 복구하는 데만 온 신경을 쏟았고, 사망자가 없다는 사실에 안도한 것이 다였다.

"답은 정해졌군."

크루델리스가 결론이라도 내리듯 단호하게 말했다.

"너희의 가설은 틀렸다. 다른 정령사는 없어."

"그걸 크리스 씨가 어떻게 알죠? 너무 단정하시는 것 아닌가요?"

아카데미에는 이미 마법과 마력, 둘 중 어느 것의 흔적도 남아 있지 않았다. 그것들을 제외하고 아카데미를 그 정도로 흔들어 놓을 수 있는 건 정령밖에 없었다.

물론 폭탄을 설치한다면야 불가능한 일은 아니겠지만, 그런 게 터지는 소리도 듣지 못했거니와, 재료의 공수 과정 등을 생각했을 때 아무도 모르게 폭파한다는 건 무리였다.

가설이기는 해도 가장 그럴싸하다고 생각했기에 바율은 저렇게까지 확신에 가득 찬 마황의 태도를 이해할 수 없었다.

"내가 마력을 운용하면 흔적이 남는다는 건 알고 있겠지?"

"네."

그래서 인간계에선 함부로 마기를 드러낼 수 없는 것이었다. 드래곤에게 발각이라도 되면 세상이 시끄러워질 테니까.

"그것과 같은 이치야. 지진을 일으킨 게 정령의 짓이라면, 정령사인 너부터 느꼈을 거거든."

"…제가요?"

"같은 정령사라도 타고난 기운의 차이가 있을 테니 당연히 완전히 같을 수는 없겠지. 하지만 최소한 비슷하다는 느낌은 느낄 수 있다. 익숙하지만 어딘지 모르게 이질적인 감각이 끼어들었다면, 그때야말로 새로운 정령사가 나타났다는 뜻이지."

"그렇지만 당시에 제가 아무것도 느끼지 못했으니까……가설이 잘못되었을 것이다. 뭐, 그런 말씀인가요?"

"정답."

역시 누굴 닮아 똑똑한 것 같다며, 크루델리스가 어울리지 않게 진한 눈웃음을 지었다.

"바율, 내가 정령사가 아니라서 잘은 모르겠지만 하얀 아저씨 말이 맞는 것 같아."

"하얀 아저씨?"

에이단의 뜬금없는 호칭에 바율은 힐긋 마황의 눈치를 살폈다. 리타가 그렇게 부를 때는 아무 생각이 없었는데, 어째선지 지금은 이래도 되나 싶었다.

그런 바율의 심정을 아는지 어쩐지 녀석은 어깨를 으쓱이며 당당히 대꾸했다.

"아까 리타가 그렇게 부르던데?"

그거야 리타는 마족 한정 먹이 사슬의 최강자이니까 그렇지.

바율은 불쑥 나오려는 본심을 간신히 집어삼켰다.

"그렇다고 너까지……."

"난 괜찮아."

마황에게서 뜻밖의 말이 튀어나온 것은 그때였다. 바율은 괜히 하는 소리가 아닐까 하고 재빨리 그의 얼굴을 살폈다. 한데 어째 별다른 표정의 변화가 없는 게, 진심인 것 같았다.

그건 사실이기도 했다.

하얀 아저씨 말고도 식충이, 덜떨어진 인간, 크리스 씨 등 그를 칭하는 말들은 많고도 많았다. 하나 있는 동생이란 놈은 그에게 자식이니 새끼니 하는 표현까지 서슴없이 해 댔다.

그러나 뭐, 상관없었다. 마계의 수하들이 아니라면 자신을 어찌 부르든 딱히 별 관심 없었다. 그러다 도를 지나쳐 기분이 상하면 그때 가서 응징을 가하면 될 터. 다행히 아직 그런 단계까지는 오지 않았다.

녀석들은 모르는 것 같지만, 크루델리스는 자신이 역사상 가장 자비로운 마황이라 자신할 수 있었다.

"하얀 걸 보고 하얗다고 하는데 그게 뭐 잘못인가? 에이단, 계속해."

일라이는 리타가 지은 마황의 별명이 꽤 마음에 들었다.

이왕이면 다른 마족들에게도 비슷한 느낌의, 그러니까 질이 좀 떨어지는 종류의 별명을 붙여 주었으면 하는 바람도 있었다.

"저 하얀 아저씨 말처럼 다른 정령사가 지진을 낸 거라면, 네가 알아채지 않았을까? 넌 상대를 만나 보지 못했다는 이유만으로 무작정 모른다고 생각한 거잖아. 안 그래?"

"그건 그렇지……."

뒤늦게 깨달은 사실에 바율은 잠시 멍해졌다. 단순하게 본 적이 없다는 이유로 정작 중요한 생각을 하지 못한 꼴이다.

마족이 마력을 예민하게 느끼듯이 정령사인 바율도 그럴 수 있었다. 더욱이 정령에 대해서 그나마 잘 알고 있는 크루델리스가 하는 말이니 신빙성이 높았다.

"그럼 뭐지?"

퀸의 물음에 묘한 정적이 응접실을 감돌았다. 이미 지진은 자연적으로 발생한 게 아니라는 답이 내려진 상태였다. 땅의 정령인 셰임과 정령왕의 기운을 가진 바율이 함께 내린 결론이니 틀릴 리 없었다.

그래서 혹시 모를 가정을 해 본 것인데, 마황에 의해 보기 좋게 까였다.

"마법도 아니고, 마력도 아니야. 정령까지 아니면, 누구냐고 대체."

"나올 만한 건 다 나왔잖아. 설마 드래곤이 그런 건 아니겠지, 라이?"

드래곤의 마법은 인간의 마법과는 그 궤가 달랐다. 인간의 탐색 마법으로는 흔적을 찾기가 어렵다는 뜻이다. 그런 면에서 보면 이 역시 설득력 있는 가설이었다.

"그러고 보니 세라리카 교수님이 널…… 그러려고 했었잖아."

차마 죽이려고 했다는 말은 할 수가 없어 에이단은 말을 흐렸다.

"정신 나간 드래곤이 그 여자만 있는 건 아니지."

일라이가 죽기를 바라는 드래곤은 비단 세라리카만이 아니었다. 자신을 경멸의 시선으로 바라보던 그들이 떠오르자 일라이의 붉은 눈동자에 일순 분노가 어렸다.

"하지만 드래곤 짓이라면 내가 모를 리 없어."

아직 해츨링이지만 일라이도 어엿한 드래곤이었다. 동족의 기운 정도는 충분히 읽을 능력이 있었다.

"드래곤의 힘은커녕 아무것도 못 느꼈어. 게다가 로드가 버젓이 이사장으로 재임하고 있는 아카데미를 감히 어느 미친놈이 건드려? 그건 말이 안 되는 이야기야."

"나도 혹시나 하고 물어본 거야."

에이단은 어깨를 축 늘어뜨리며 한숨을 쉬었다.

"뭐가 뭔지 모르겠네."

"생각을 너무 골똘히 했더니 머리가 다 지끈거린다."

로건은 인상을 찡그리며 관자놀이를 꾹꾹 눌렀다.

그때 마황이 고개를 갸웃하며 이상하다는 듯 한마디 던졌다.

"그럴 수 있는 존재가 하나 더 있잖아?"

"……?"

"왜들 모르지?"

"…그게 누군데요?"

"천족."

"엑? 천족이요?"

마황의 입을 타고 나온, 생각지도 못한 말에 바율과 친구들은 순간 말을 잃고 서로의 얼굴만 쳐다보았다.

왜 여기서 천족이 나와요?

그들의 표정은 마치 마황을 향해 그리 묻고 있는 듯했다. 당연히 그 저변에는 선량한 천족이 그럴 리 없다는 믿음이 함축되어 있었다.

천족이 어떤 존재인가?

마족과는 완전히 상반되는 선한 품성을 지닌, 주신의 완벽한 피조물이었다.

만물의 창조자이신 주신의 무조건적인 애정 아래 부족함을 모르고 태어난 그들은 천계에서 평화롭게 지낼 뿐, 마족과 달리 인간계에 모습을 드러내는 법도 거의 없었다.

자비와 헌신의 상징이기도 한 천족이 왜 그런 극악무도한 짓을 저지른단 말인가?

그건 정말이지 조금도 사리에 맞지 않았다.

"설마 당신, 천족을 질투라도 하는 거야?"

놀람은 잠깐이었다. 일라이가 히죽거리며 비딱하게 물었다.

"질투?"

되묻는 마황의 눈빛은 마치 '그게 뭔데?' 하는 얼굴이었다.

"재미있군."

여태 조용하던 데스가 피식 웃은 것은 그때였다.

"데스."

하지만 바율은 그의 검은 눈동자가 살벌하게 빛나는 것을 놓치지 않았다. 무엇이 심기를 건드렸는지는 모르겠지만, 그가 이전에는 본 적 없는 싸늘한 눈길로 일라이를 노려보았다. 순식간에 실내의 기온이 영하로 떨어진 것만 같은 느낌이었다.

"뭐, 뭐야? 때리기라도 하게?"

갑작스런 데스의 변화에 일라이가 저도 모르게 엉덩이를 들썩이며 주춤거렸다. 별안간 등골을 타고 오싹한 기운이 전해졌다.

"설마. 그랬다간 네 양부가 가만히 있겠어?"

분명 당장이라도 달려들 것만 같은 태세였는데, 데스가 여유롭게 받아쳤다. 일라이는 티 나지 않게 가슴을 쓸어내리며 코웃음으로 응수했다.

"핫! 마계의 총사령관도 무서운 게 있긴 있나 보네."

"당연하지. 근데 말이야."

데스의 안광이 찰나지만 붉게 번뜩였다.

"내가 무서운 건 네가 짐작하는 그게 아니거든."

"……?"

"내가 여기에 있는 이유를 모르진 않을 텐데?"

"…이 와중에도 음식 타령이 나온다고? 나 원, 웃어야 할지 울어야 할지 모르겠네."

잠시 잊고 있었다. 리타의 음식에 대한 데스의 맹목적인 집착을.

"울든지 말든지, 그건 애송이 네 마음대로 해. 단, 다시는 내 앞에서 천족과 얽혀 그딴 식으로 지껄이지 말도록. 그땐 내가 어떻게 나갈지 나도 알 수가 없어서."

데스가 잔혹한 미소를 띤 채 경고했다.

천족과 원한이라도 있는 것일까?

어쩐지 바율은 그의 목소리며 눈빛에서 천족을 향한 강한 증오심을 엿본 듯했다.

애초에 천족은 마족과 대비되는 종족이니 충분히 악감정을 가질 수도 있을 것 같긴 하다. 하지만 그게 전부는 아닌, 왠지 무언가가 더 있는 듯한 기분이었다.

궁금증이 솟았지만, 물어볼 만한 분위기가 아니었다. 묻는다고 해서 대답해 줄 것 같지도 않았다.

"근데요."

에이단은 애써 데스를 보지 않기 위해 노력하며 마황에게 용기를 내 질문했다.

"천족은 주신을 보필하는 선한 이들인데, 지진 같은 걸 만들어 냈다는 건 조금 억지가 아닐까요?"

"천족이 선하다, 라……."

혼잣말처럼 중얼거리는 마황의 두 눈은 꽤 복잡한 색을 띠고 있었다. 데스와 같은 뚜렷하고 격한 감정은 아니었지만, 그 역시 결코 호의라고는 찾아볼 수 없는 눈빛이었다.

"그럼, 마족은 어떻지? 선한 천족들과 반대로 악한 무리인가?"

돌연 마황이 물어왔다. 잠시 우물쭈물하던 에이단은 자신이 지금껏 느꼈던 바를 가감 없이 털어놓았다.

"제가 겪어 본 바에 의하면…… 꼭 그렇진 않은 것 같아요. 하지만 나쁜 놈들은 분명 존재하죠. 이를테면 황태자 암살 시도 사건 때, 바율을 죽였던 기사 말이에요. 그자만 해도 마족과 거래를 한 대가로 그런 짓을 벌인 거잖아요."

"모르스란 녀석인데, 그놈이 원래 좀 하는 짓이 더러워."

"죽음의 신 모르스요?"

"어. 생긴 것처럼 비열하고 악랄하지."

그에게 누구보다 충성을 맹세하는 수하임에도 마황의 평가는 신랄했다.

"또?"

"예?"

"마족 중 나쁜 놈들이 있다고 했잖아? 다른 예시가 있으면 더 얘기해 보라고."

"어…… 지금은 딱히 생각나는 게 없는데요."

솔직히 마족에 대해서 떠들라면 얼마든지 더 떠들 수 있었다. 하지만 그 수다의 대부분에 지금 눈앞에 있는 상대가 포함되어 있다는 게 문제였다. 게다가 마황과 데스를 비롯한 그들은 나쁜 마족도 아니다.

자연스럽게 에이단의 목소리가 기어들어 갔다.

"내 아버지."

그때 일라이가 차가운 어투로 끼어들었다.

"광룡 라노스가 미쳐서 날뛸 때, 인간계를 함께 쑥대밭으로 만들었던 수많은 마족 놈들이 떠오르는데."

"아, 그때라면 우리 마계 측도 대청소를 좀 했지. 안 그래도 성가셨던 참인데, 시기가 매우 적절했다고나 할까?"

평소엔 크게 간섭하지 않고 내버려 두는 편이지만, 잊을 만하면 정기적으로 칼을 빼 드는 게 마황의 통치 방식이었다.

"근데, 네 아비를 죽였다고 원망이라도 하나 보지?"

"아니. 원망은 안 해."

뜻밖의 대꾸였다. 그래서 여태 마족들을 싫어한 게 아니었던가?

"내 친부를 죽인 건 마족이 아니라, 드래곤이거든. 원망은 죽인 쪽을 해야지."

"아니 다행이군."

"마족은 그냥 싫어. 태생이 악한 종족이잖아? 툭 하면 인간계를 어지럽히고 놀려 대는 저급한 족속들이야."

무려 마황을 앞에 두고 마족을 험담하고 있었다. 모르긴 몰라도 여기서 마황이나 데스가 힘을 발현하면 일라이의 목숨 정도는 손쉽게 사라질 수도 있을 것이다. 그들에겐 그만한 힘과 능력이 있었다.

"라이, 그만……."

바율은 꿀꺽 침을 삼키며 일라이를 말렸다. 이대로 두었다가는 정녕 사달이 날지도 모른다. 갑자기 상황이 왜 이렇게 된 건지 한편으로는 어처구니가 없었다.

하지만 다행인지 불행인지, 두 마족은 전혀 감응의 변화가 없었다. 조금 전 천족을 거론할 때와는 달라도 너무 달랐다. 오히려 평온해 보일 정도였다.

"인정할 건 인정해야지."

심지어 크루델리스는 일라이의 말이 옳다며 고개까지 끄덕거렸다.

"그런데 말이야. 태생이 악한 종족인데, 대체 인간은 왜 우리를 신이라고까지 칭하며 섬기는 걸까? 왜 나는 여기서 너희를 잡아먹지 않고 이런 대화를 나누고 있을까?"

"그거야……."

"나는 착한 마족이라서?"

"굳이 따지자면…… 그렇죠?"

"뭐, 그렇다고 치고. 여기서 문제 제기를 해 보지. 그럼 태생이 선한 천족은 다 착하기만 할까? 나처럼 돌연변이는 없을까?"

"……."

바율과 친구들은 답하지 않았다. 아니, 답할 수 없었다.

사실 이미 알고는 있었다. 천신 중에서도 타락하고 악행을 일삼는 이들이 있으리라는 걸.

하지만 인간들에게 알려진 바는 거의 없었다. 아마 알려져도 믿고 싶지 않은 자들도 많을 것이다. 그만큼 천족이 인간들에게 미화되고 우상화되어 있는 게 현실이었다.

"무슨 얘기가 하고 싶은 거야! 마족이 천족을 싫어하는 건 당연히 알겠는데, 그래서 지진이 정말로 그들 짓이라고 우리한테 세뇌라도 걸고 싶은 건가? 그래?"

일라이는 저도 모르게 버럭 소리를 질렀다. 생뚱맞게 천족 얘길 꺼낼 때부터 알아봤어야 했다. 애꿎은 그들을 나쁜 쪽으로 몰아가는 게 괘씸하다 여겨졌다.

"정 그렇게 천족이 의심스러우면, 직접 증명을 해 보시든가. 천족도 마족처럼 힘을 사용하면 당연히 그 흔적이 남지 않겠어?"

"나도 그랬으면 좋겠는데 그게 아니라서 말이지. 지진이 발생했던 당시라면 모를까, 지금은 불가능할 거야."

"그건 무슨 뜻인가요?"

"천족이 제일 잘하는 짓이 뭔지 알아?"

바율의 물음에 마황이 빙그레 웃으며 설명했다.

"흔적을 감추는 것. 천기라는 게 아주 약삭빠르게 잘 숨겨지지."

"천기를…… 숨긴다고요?"

"설마 그 말의 뜻은……!"

퀸이 마황의 말에서 뭔가를 알아차린 듯 흠칫 몸을 떨었다.

"왜? 퀸, 뭔데?"

"…아무것도 남지 않았잖아."

"그러니까 뭐가."

"지진을 일으킨 흔적 말이야. 마법도, 마기도, 정령도 아닌데, 이상하리만치 정말 '아무것도' 없었다고."

"으아악! 그럼 설마 진짜로……!"

그 순간 에이단은 소름이 끼쳐서 비명을 꽥 질렀다.

천족의 특성이 정말로 흔적을 감추는 것이라면, 지금의 사태에 가장 그럴싸한 용의자는 그들밖에 없었다.

"천족이라니……!"

이렇게 갑자기?

아무런 전조도 없이?

대체 왜?

바율은 혼란에 빠졌다. 이해할 수가 없었다. 크루델리스의 말이 사실이라 한들, 애당초 천족이 그럴 만한 이유가 없지 않은가?

그들이 무슨 까닭으로 아카데미에 지진을 일으키겠는가.

그래서 얻을 게 뭐가 있다고?

"표정이 말이 아니네."

바율을 응시하는 마황의 눈빛이 어쩐지 애잔하게 느껴진다. 이건 바율이 아니라 전대 물의 정령왕인 다프네그란데를 바라보는 눈빛이었다.

"……!"

그것을 자각하자 바율의 머릿속이 번쩍였다. 말도 안 되는 상상이 이어지며 입이 바짝 타들어 갔다.

아닐 거라고 속으로 되뇌면서도 바율은 어느새 저도 모르게 말문을 열었다.

"…아니죠?"

"뭐가 말이야?"

"정령계가…… 멸망한 이유요."

"……."

갑자기 크루델리스가 입을 닫았다.

긍정이라는 의미인가?

"바율, 그게 무슨 소리야? 뜬금없이 정령계가 멸망한 애기가 여기서 왜 나와?"

각자 충격에 빠져 있던 친구들이 금세 어리둥절한 얼굴이 되어서는 바율을 채근했다. 하지만 정작 질문을 던진 바율은 온 정신이 다른 데 쏠려 있었다.

일전에 마황이 그랬었다. 태고의 신물을 모았기에 정령계가 멸망한 것이라고. 데스는 건드려선 안 될 것을 건드린 결과라고 말했었다.

이젠 거기에 천족이 추가되었다.

정령계의 멸망에 천계가 어떤 식으로든 관련이 있다는 뜻일 것이다. 그게 아니라면 조금 전 보았던 마황의 눈빛은 설명이 되지 않았다.

"말씀해 주세요."

이제는 때가 되지 않았나요?

"아직은 아니다."

그러나 마황은 이번에도 거절했다.

"믿기 어렵겠지만, 이건 널 위해서야."

"그게 무슨……."

"내가 할 수 있는 최선의 배려라는 것도 알아줬으면 좋겠군."

마황의 마지막 말에 바율은 말문이 턱하고 막혔다. 그가 진심을 담아 한 말이라는 건 옆의 친구들도 느낄 수 있었다.

"자, 그럼 이만 점심이나 먹으러 가 볼까?"

엄청난 폭탄을 투척한 장본인답지 않게 그가 산뜻한 기색으로 벌떡 자리에서 일어났다.

"도련님! 식사하세요!"

그리고 때마침 리타가 부르는 소리가 응접실 너머에서 메아리치듯 울려 왔다. 하지만 바율과 친구들은 혼잡한 머릿속을 정리하느라 리타의 말소리는커녕 아무것도 들리지 않았다.

"시간이 좀 필요하려나?"

"먼저 먹으면…… 리타가 뭐라고 하겠지?"

기다리고 기다렸던 시간이거늘, 데스는 짜증이 버럭 치솟았다.

"괜히 주둥이를 함부로 놀려서는! 꼭 지금이 아니어도 되었잖아!"

"그러게. 허기가 지는데 식후에나 얘기할 걸 그랬군."

마황의 태연한 인정에 데스의 손이 올라갔다가 겨우 이성을 되찾고 내려왔다.

"말이나 못하면."

그러잖아도 옛 생각에 기분이 더러웠는데, 밥은 한참 뒤에나 먹을 수 있을 것 같았다.

데스가 마황을 향해 눈을 흘기고는 팔짱을 낀 채로 소파에 등을 기댔다. 바율이 얼른 정신을 차리길 고대하면서.

Chapter 8.
허탕

1.

바율은 음식이 입으로 들어가는지 코로 들어가는지 모를 정도로 점심을 먹는 둥 마는 둥 했다. 진수성찬이 눈앞에 가득했지만, 식욕이 조금도 생기지 않았다. 그나마도 리타를 걱정시키고 싶지 않아서 억지로 먹는 척했을 뿐, 그의 관심은 온통 천족에게 가 있었다.

"도련님, 어디 불편하세요?"

갑작스럽게 손님을 치르느라 주방에서 눈코 뜰 새 없이 바쁜 리타였지만, 녀석은 바율의 달라진 기분을 귀신같이 알아차렸다. 바율 곁으로 성큼성큼 다가온 그녀의 안경 너머 눈매가 가느다랗게 변했다.

"어? 아니야, 리타. 그냥 아침을 좀 많이 먹었더니 그러네."

"도련님이 아침을 많이 드셨다고요?"

"으응, 특식이 나왔거든."

"메뉴가 뭐였는데요?"

"메, 메뉴?"

설마 리타가 거기까지 물어볼 줄은 몰랐다. 대충 둘러댄다는 게 되레 곤경에 빠졌다.

"도련님께선 원래 아침을 가볍게 드시는 편이잖아요. 얼마나 맛있는 요리였기에 입 짧은 도련님께서 배가 불러 점심을 못 드실 정도인지 궁금해서요."

"흐음, 썩 궁금해하는 얼굴은 아닌 것 같은데."

"뭔가 추궁하는 느낌이지?"

바율의 맞은편에 있던 데스와 마황이 각자 열심히 고기를 뜯어 가며 종알거렸다. 그에 리타가 찌릿 노려보자, 둘은 바로 시선을 내리깔며 먹는 데만 속도를 냈다.

리타의 눈빛이 순간 어찌나 살벌한지, 절로 간이 콩알만 해졌다. 한 소리 더 했다가는 왠지 식탁에서 쫓겨날 것만 같았다.

이럴 땐 그냥 닥치고 먹는 거야.

그간의 경험으로 형제는 그 사실을 다시 한번 깊이 인지

했다.

"도련님?"

리타는 이름을 부름으로써 다시금 물었다. 제 도련님을 정성껏 모시는 것만이 삶의 목표인 리타에게, 바율의 식사를 챙기는 일은 무척이나 중요했다.

먹는 게 남는 거란 말도 있지 않은가. 자고로 잘 먹어야 건강하게 오래 살 수 있는 법이다. 그녀가 어려서부터 요리를 열심히 배우고 익힌 것도 전부 바율과 바일 형제를 위해서였다.

그랬기에 지금처럼 바율이 식사를 잘하지 못할 때가 리타에겐 가장 예민해지는 순간이기도 했다.

"…어, 그게…… 정어리 샌드위치였어."

"미트볼 스튜."

"오징어 먹물 파스타였을걸."

리타의 집요함에 당황한 바율이 아무거나 생각나는 대로 대답할 때였다. 그가 안 되어 보였는지, 퀸과 로건이 짜기라도 한 듯 바율과 동시에 입을 열었다.

문제는 그 메뉴가 전부 다르다는 것이었다.

애초에 오늘 아침 식단은 너무나 평범한, 샐러드에 빵이 전부였다. 바율이 괜히 특식이란 말을 꺼내는 바람에 의도치 않게 사태가 꼬였다.

에이단과 일라이는 리타 몰래 혀를 차며 고개를 가로저었다. 가만히 있기나 하지, 왜 굳이 말을 지어내서 이 꼴을 만들었냐는 질책이 서려 있었다.

"특식이 보통 그렇게 다양하게 나오나 보죠?"

리타는 뻔히 안 믿는 눈치였다. 그래도 바율과 친구들의 체면은 지켜 주고 싶은 듯, 더는 꼬치꼬치 캐묻지 않았다.

다만 시무룩한 표정으로 한마디 던졌다.

"무슨 일인지는 모르겠지만, 그래도 조금은 더 드시고 가세요. 도르하에 가서 해야 하실 일도 있잖아요. 도련님 몸보신해 드리려고 제가 엄청 공들였단 말이에요."

리타도 이제는 바율이 어디 가서 위험해질 군번이 아니라는 건 알고 있었다.

하지만 그건 정령을 다룰 수 있는 능력 때문이지, 그의 몸 자체는 여전히 마르고 연약했다. 타고나길 란데르트 공작처럼 강골이 아니었다.

"아카데미를 졸업하시면 지금보다 훨씬 더 바빠지실 텐데, 미리미리 좋은 거 많이 드셔 놔야 한다고요. 지금 체력으로 이십 대를, 이십 대 체력으로 삼십 대를 보내는 거라고 저희 엄마가 늘 그러셨어요!"

"아리엘이 그런 말을 했었어?"

"네! 돌아가시기 직전까지도 저한테 얼마나 신신당부를 하셨는데요. 도련님들 건강은 제가 하기에 달렸다고, 정신 똑바로 차려야 한다고 하셨어요."

아리엘은 리타의 친모였다. 동시에 바율과 바일에겐 젖을 나누어 가진 젖어머니이자 유모였다. 열세 살짜리 딸을 두고 눈을 감기 전에 한다는 말이 형과 자신을 위하라는 내용이었다.

이미 알고 있던 사실이기에 놀라울 건 없지만, 새삼 다시 생각하니 리타에게 너무나 미안하다.

태어나자마자 어미를 나누어야 했고, 말을 알아듣기 시작할 무렵에는 어미를 따라 형제의 수발까지 들어야 했다.

환경이라는 게 무서워서, 리타는 그렇게 기억이 있는 시절부터 그들 쌍둥이밖에는 몰랐다. 아마도 바율 역시 그래서 그녀를 동생같이 여기게 되었으리라.

리타는 모르는 것 같지만, 녀석이 우울하거나 속이 상해 있으면 바율은 덩달아 속이 타 아무것도 할 수가 없었다. 그건 죽기 전 바일도 마찬가지였다.

갑자기 아리엘 유모가 보고 싶어졌다.

엄마의 품이 그리울 때면, 바일과 같이 그녀의 침대에 몰래 숨어들어 리타까지 넷이 함께 잠이 든 적이 부지기수였다.

뜻하지 않게 옛 기억이 떠올라 가슴 한편이 묵직해졌지만, 다른 면으론 아리엘에게 받았던 따듯하고 포근했던 추억이 생각나 혼란했던 마음이 조금은 수습되는 느낌이었다.

"미안. 이제라도 팍팍 떠먹을게!"

바율은 리타가 보는 앞에서 바로 실천에 들어갔다. 녀석의 난데없는 변화가 다소 의아했지만, 친구들도 별다른 말 없이 식사에 열중했다.

반면, 갑자기 줄어드는 음식량에 데스의 안색이 살짝 굳었다. 그러나 이전보다 좀 더 빠르게 많은 양을 입에 담을 뿐, 또다시 식탁에서 쫓겨날지도 모르는 위험을 감수하지는 않았다.

"그럼 저는 디저트 좀 보고 올게요!"

바율의 복스럽게 먹는 모습에 만족한 듯, 리타가 한결 가벼워진 발걸음으로 사뿐사뿐 주방으로 돌아갔다.

"저럴 때 보면 리타도 보통이 아니야."

"바율 너를 쥐고 흔드는 게 완전 여우다, 여우."

친구들의 평가에 바율은 그저 피식 웃으며 할당량을 채우는 데 여념이 없었다. 리타 덕분인지, 제법 입맛이 살아났다.

"마족들 상대하는 거 보면 모르냐? 따지고 보면 여기서 서열 1위가 리타라고."

"아, 생각해 보니 또 그러네?"

"그런 리타가 금이야 옥이야 모시는 게 바율이니까, 역시 최강은 이 녀석이란 뜻인가?"

"…결론이 어째서 또 그렇게 나는지 모르겠네. 아하하."

바율이 어색한 웃음을 삼키며 입안의 음식물을 오물오물 씹었다.

"근데, 우리 도르하에는 뭐 타고 가냐? 기차 시간 알고는 있어?"

"뭐 하러 아깝게 돈 낭비냐? 오랜만에 잉그리드 덕 좀 보게 해 줄게."

에이단이 저만 믿으라는 듯 모자 속을 손가락으로 가리켰다. 모자에 가려져 볼 수는 없지만, 녀석의 머리털을 둥지 삼아 잉그리드가 세상 편하게 잠들어 있었다.

"그보다, 라이는 정말 안 가는 거야?"

도르하에 가지 않겠다고 했던 일라이가 이곳에 함께 온 이유는 아카데미를 덮친 지진 때문이었다. 그에 관해 친구들과 이야기를 나눈다는 게 지금까지 있게 된 것이다.

그러다 마족들에 의해 전족이란 예상치 못한 변수가 튀어나왔다. 이걸 어떻게, 어떤 식으로 받아들여야 할지 일라이는 내내 고심 중이었다.

"아니. 갈 거야."

"그렇지? 헤헤."

녀석의 합류가 기쁜 듯 친구들의 안색이 밝아졌다.

"그러고 보니 그 카셀이란 놈, 가면 만날 수는 있어?"

"응, 일단 한 번은 봐야 해. 카트린느 후궁 마마가 임신한 상태이니 당분간은 그의 말을 믿어 주는 쪽으로 일을 진행하라는 게 아버지의 명이셔. 이왕 그럴 거면, 경매장에서 의심한 것에 대한 사과를 하는 편이 깔끔할 것 같아서. 감시 목적으로 템페스타까지 붙였었으니까."

"와, 그 미치광이에게 사죄를 해야 한다니. 역시 황제의 처남이란 배경이 대단하긴 하네."

에이단의 빈정거림에 친구들의 표정이 딱딱하게 굳었다. 그러면서 하나같이 속으로 다짐했다. 그 미치광이가 또 한 번 사고를 친다면, 그때야말로 꽉 물고 절대 놔 주지 않겠다고.

"후일을 위한 도모라고 생각하지, 뭐. 아직 시간은 많잖아."

어쨌든 오늘의 임무는 노예 상인의 윗선을 잡는 것이었다. 우선은 거기에 신경을 집중하는 게 더 중요했다.

2.

변신수로 변한 잉그리드를 타는 것도 이제는 제법 익숙해졌다. 녀석이 심심하지 않도록 놀아 주는 것인지, 이노센트가 시종일관 녀석의 옆에서 말을 거는 바람에 정작 잉그리드의 등에 올라탄 바율과 친구들은 특별한 대화 없이 전경이나 감상하며 도르하에 도착했다.

"확실히 기차보다 빠르네."

"좋긴 좋다."

친구들의 부러워하는 기색에 에이단이 '에헴' 기침을 토하며 가슴을 있는 대로 내밀었다. 퍽이나 자랑스러운 모양이었다.

"도련님, 이쪽입니다."

도르하에 온 것은 바율과 친구들만이 아니었다. 이언과 만월 기사단, 마황과 데스가 함께였다. 그리고 일전에 라나사를 데려갔던 숙소에서 다시 한번 그녀와 만나기로 약속되어 있었다.

"포도가 아주 주렁주렁 열렸네."

잉그리드가 남의 눈을 피해 착륙한 곳은 거대한 포도밭이었다. 한창 수확을 앞둔 포도나무에서 향긋하고 달콤한 냄새가 풍겼다.

"온 김에 와인이라도 사 가려고 그러냐?"

"미쳤냐? 내가 돈이 어디 있어?"

"그럼 관심 꺼."

"뭐래. 그나저나, 이걸 팔면 다 얼마야? 분명 전부 라나사 양부의 땅이겠지?"

생각이 거기에까지 미치자, 에이단이 돌연 나뭇가지 하나를 뚝 분질렀다. 소심한 복수였다. 친구들이 못 말린다며 고개를 젓는데도 녀석은 이후로 같은 짓을 세 번이나 더 반복하고 나서야 발걸음을 옮겼다.

"근데 에이단, 너 라나사 싫어하는 거 아니었냐?"

친구들은 어느새 지난주 바율과 라나사가 머물렀던 숙소의 방에 둘러앉아 있었다. 라나사는 아직 도착하지 않은 것 같았다.

그녀를 떠올리니 자연스레 바율에게 들었던 말이 생각났고, 라나사를 위해 주는 듯한 에이단의 행태에 다들 의문을 품었다.

"그래? 몰랐네?"

그때, 예고도 없이 방문이 벌컥 열리며 라나사가 마치 제 집처럼 당당히 걸어 들어왔다. 그들이 한 얘기를 밖에서 다 들은 듯했다.

"이언 경, 안녕하세요. 일주일 만에 다시 뵙네요."

라나사는 친구들을 쌩하니 지나치더니, 이언에게 예를 갖춰 깍듯이 인사했다.

만월 기사단에 입단하는 것이 목표라고 하더니만, 아무리 그래도 이건 너무 차별이 심한 것 아니냐?

괜한 원망의 눈길이 바율에게로 쏟아졌으나, 바율은 그저 어깨를 으쓱일 뿐이었다.

"라나사 양, 정말로 괜찮겠습니까?"

라나사는 부정하고 싶겠지만, 어쨌든 그녀는 보스트리지 남작가의 사람이었다. 금번 일을 처리하다 보면 그녀의 가문 역시 조사를 피하기는 어렵다.

남작이 관련이 있든 없든, 노예 경매라는 것이 그의 영지에서 버젓이 일어났으니 그에게도 어느 정도의 책임은 물어야 했다.

그러다 양딸인 라나사가 얽혀 있는 것을 알면 남작이 어떻게 나올지, 이언은 그 점이 걱정이었다.

"제 한 몸 지킬 여력은 됩니다. 남작가와 저를 완전히 분리해서 생각해 주시길 부탁드릴게요."

라나사는 일말의 주저함도 없이 자신의 의사를 확고하게 말했다.

"그리고 혹시나 해서 말씀드리는데, 괜히 저를 위해 나서진 말아 주십시오. 폐가 되고 싶지 않거든요."

"각오가 남다른 것 같으니, 알겠습니다."

"한 가지 더요. 한참 선배님이신데, 말씀 편히 해 주세요."

"……?"

라나사의 말을 이해하지 못한 이언이 고개를 기울이자 그녀가 바율에게 했던 말을 고대로 털어놓았다.

"저, 만월 기사단에 들어가는 게 목표거든요. 헤이즈 경께도 일전에 벌써 말씀드렸는데, 못 들으신 모양이네요."

"만월 기사단은 기초 훈련과 시험을 통과하면 누구나 입단할 수 있는 곳입니다. 부디 건투를 빕니다."

달의 일족이어야 한다는 전제 조건이 붙기는 하지만, 굳이 그 얘기까지 할 필요는 없었다. 어차피 최종 면접은 단장인 란데르트 공작이 보고 결정한다.

이언도 라나사에 관해선 대충 들어 알고 있었다. 개인적으로 그녀가 꼭 목표한 바를 이루었으면 했다.

"참, 바율. 윗선 놈들이 오기로 했다는 장소가 어디야?"

"도르하에서 가장 시끌벅적한 곳."

바율의 답변에 라나사가 '아, 거기?' 하며 조소했다.

"그럼 오늘 우리가 거기를 개박살 내는 건가?"

"…뭐?"

"갑자기 막 짜릿한데?"

그건 계획에 전혀 없던 일이지만, 기대감에 찬 라나사의 보라색 눈동자를 마주하자 바율은 차마 반박할 수가 없었다.

그래, 너 하고 싶은 거 다 해라.

반 포기 상태인 바율의 심정을 전혀 알 리 없는 라나사는 그저 싱긋 웃어 보였다. 붉은 입술 사이로 언뜻 비치는 그녀의 하얀 이가 어쩐지 사악하게 빛났다.

3.

광활한 포도밭을 소유한 도르하에서 사람들이 제일 많이 오가는 곳은 수많은 크고 작은 술집들이 밀집한 '올가'라는 이름의 거리였다. 노예 경매가 열렸던 도박장 역시 그곳의 어디쯤 위치하고 있었다.

질 좋은 포도주를 가장 빨리, 저렴한 가격으로 맛볼 수 있는 산지. 그 이유 하나만으로도 많은 이들이 도르하를 찾았다.

수십 개의 와이너리를 보유하고 있는 도시답게 올가는 언제나 방문객들로 북새통을 이뤘고, 자연스레 포도주를 소비하는 양도 엄청났다.

포도주를 마시고 좋아하는 것에는 성별의 차이가 없었지만, 으레 술집이란 곳은 사회 활동이 잦은 대다수 남자가 친목을 도모하는 데 흔히 사용되는 자리였다. 그렇다 보니 술 시중을 드는 아리따운 여인 역시 빠질 수 없었다.

라나사가 '아, 거기?' 하며 자조적으로 웃었던 일면에는 그런 상황에 대한 환멸이 담겨 있었다.

자기 의지와 관계없이 팔려 왔거나, 가난한 가족의 빚을 갚기 위해서 등 어쩔 수 없이 화류계에 몸을 담고 있는 숱한 여인들을 이미 목격했기 때문이다.

그녀들을 함부로 여기고 굴리는 남자들을 향한 혐오감이 때때로 라나사의 호승심에 불을 지폈다.

제국은 귀족과 평민을 철저하게 구분하는 신분제 사회였다. 당연히 올가의 술집에도 저마다 계급이란 게 정해져 있었다.

상류층만이 드나들 수 있는 고급 술집이 모여 있는 지역, 개중에서도 유독 보안이 철저하고 상위 일 퍼센트만이 출입이 가능하다고 알려진 곳이 바로 오늘 바율과 일행이 가야 할 장소였다.

"규모가 어마어마한데?"

정문의 크기부터가 남달랐다.

"돈이 남아도나 봐. 금칠을 해 놨어. 어쩐지 저 멀리에서도 광채가 나더니만."

정작 본인의 집에 가면 그보다 값비싼 것들이 수두룩하면서, 에이단은 입을 벌린 채 놀라움을 금치 못했다.

"여긴 진짜로 돈 있는 사람들만 오는 곳이야. 귀족이라고 아무나 들이지도 않는댔어."

"그래?"

"응, 보증금이라고 해야 하나. 미리 얼마 정도를 맡겨야만 할 거야. 애초에 돈 없는 것들은 쳐 내겠다는 뜻이지."

"그 얼마라는 게 일반인은 상상조차 할 수 없을 정도의 거액이겠고?"

라나사의 설명에 로건의 표정이 미묘하게 일그러졌다. 서민들은 오래도록 지속된 재해로 인해 고통을 겪으며 힘겹게 살아가고 있었다.

그런데 그들을 지켜 주어야 할 귀족이라는 작자들이, 주변을 보살피지는 못할망정 이렇듯 한심하게 굴고 있다는 게 진심으로 역겹게 느껴졌다.

"근데, 우린 어떻게 들어갈 거야? 변장이라면 대충 하긴 했지만, 출입할 권한이 없잖아. 당연히 신분도 확인하려 들 텐데."

"그건 걱정 마. 다 수가 있지."

자신만만한 바율의 대답에 의아해하는 건 라나사가 유일했다.

술집에 손님인 척 몰래 잠입해 있다가 수상한 무리가 접근하면 뒤를 쫓아 윗선을 잡아내는 것이 오늘의 계획이었다.

척 보기에도 어린 티가 술술 나는 그들이기에 로브를 뒤집어쓰고, 인중과 턱에는 수염까지 붙였다. 자세히 들여다보면 티가 나겠지만, 언뜻 지나치면 최소한 젊은 청년 정도로는 보일 것이다. 다들 또래보다 키가 커서 그나마 다행이었다. 에이단은 무리의 중앙에서 가려 주기로 했다.

술집의 입구에 다다르자 친구들에게 '크리스 씨'라 불리던 바율의 개인 교사가 가장 앞에 나섰다.

그가 일행에 섞여 있다는 것 자체가 기이한 일인데, 대체 뭘 하려는 거지?

라나사는 저도 모르게 미간을 잔뜩 오므린 채 마황을 주시했다.

"안녕하십니까. 어디에서 오신 분들인가요?"

술집의 황금 문을 통과하는 것부터가 신분 확인의 절차였다. 돈이라도 쥐여 줄 요량인가 싶었는데, 웬걸. 사내가 그림 같은 미소를 지으며 여유롭게 입을 열었다.

"내가 누구인지 감히 네까짓 놈이 알 필요가 있을까?"

'에엑?'

라나사는 하마터면 기침을 토할 뻔했다. 풍기는 분위기도 있고 해서 딴에는 미소와 언변이 뛰어난 사람인가 보다, 하고 짐작했건만 예상이 와장창 깨졌다.

당신 미친 거냐고 소리를 지르려다가 겨우 참았다. 좋게 구슬려도 모자랄 판국에 이 무슨 어이없는 사태인지, 참담할 지경이었다.

하지만 더욱 어처구니가 없는 건 그다음이었다.

"그럼요. 감히 존귀하신 분의 신분을 여쭙다니요. 제 생각이 짧았습니다. 송구합니다."

우락부락한 덩치를 자랑하던 사내가 허리를 구십 도로 숙이며 난데없이 사죄를 해 댔다.

"뭐야? 저자도 미친 거야?"

당혹감이 지나친 나머지 라나사의 입에서 저절로 소리가 튀어나왔다. 그러자 일행에게 가려져 거의 보이지도 않는 에이단이 입을 가리며 키득거렸다. 마치 그럴 줄 알았다는 듯이.

"이곳에서 가장 호화로운 방으로 안내하시라."

"예, 따라오시지요. 모시겠습니다."

사내의 명령에 철옹성과도 같던 황금 문이 그 즉시 열렸다. 연신 굽실거리기 바쁘던 사내가 과할 정도로 몸을 낮춘 채 일행을 어디론가 데려갔다.

사내의 뒤를 따라가는 동안 술집의 직원인 듯한 자들을 몇 마주쳤는데, 그들 모두 사내의 태도를 보고는 급히 머리를 조아리며 인사했다.

상위 일 퍼센트 중에서도 좀처럼 볼 수 없는 하이 클래스가 방문했음을 직감적으로 알아챈 것이었다.

"음식만 들이고 아무도 얼씬거리지 못하게 하거라. 개미 새끼 한 마리라도 보았다간 네 목을 비틀어 버리겠다."

"예, 나리. 그리 이르겠습니다."

사내가 나가고 너른 방에 일행만 남았다. 잠시 후 화려한 성찬이 차려질 때까지 라나사는 입을 다문 채 마황을 노골적으로 쳐다보았다.

충분히 이상하게 여길 만했다. 그도 그럴 게, 그들이 이토록 손쉽게 내부에 안착할 수 있었던 건 마황의 현혹 능력 덕분이었다. 애초에 그러한 이유 때문에 그를 이번 행에 끼운 것이기도 했다.

"…혹시 마법사세요?"

라나사는 답답한 건 질색이었다. 한참을 생각하다 내린 결론은 바율의 개인 교사가 마법사란 것이었다.

"흐음, 마법이라."

알맞게 구워진 고기를 한 입 입으로 가져가며 마황은 잠시 눈을 감았다. 그러더니 한다는 말이, 다소 뜬금없었다.

"역시 리타가 한 것만 못하군."

"…예?"

"구움의 정도가 지나쳐. 고기의 질이 암만 좋으면 뭐 하나. 질겨서 짜증 나는군."

"저기요……."

"뭐, 마법사랑 비슷하다고 해 두지. 원리는 달라도 결과적으론 같으니까. 그런데 인간 아가씨. 나한테 너무 관심 갖지 마. 부담스럽거든."

크루델리스가 입매를 씩 올리며 미소 지었다. 그 순간 라나사는 왠지 모르게 닭살이 오스스 돋았다. 분명 웃는 얼굴인데, 지옥의 사자를 마주하는 것 같은 기분이랄까.

인간 아가씨는 또 뭐람.

부르는 호칭도 괴이했다. 하긴, 저세상이라도 다녀온 듯한 하얗게 생긴 외모부터가 기이함을 불러일으키는 자였다.

"역시…… 바율 네 곁엔 평범한 사람이 없네."

라나사는 마황의 경고를 받아들이기로 했다. 어차피 그녀와는 상관없는 인물이었다. 지금 중요한 건, 어쨌든 무사히 이곳에 들어왔다는 점이었다.

드디어 아실의 복수를 할 수 있게 되었어!

앞에 놓인 물로 목을 축이며 라나사는 조금 전 일은 머릿속에서 지워 버렸다.

"평범하지 않다는 거에, 라나사 너도 포함인 거 알지?"

"내가 왜? 나는 그저 조금 유별날 뿐인 거 아닌가?"

"헐, 쟤 말하는 거 보게. 유별나다는 게 평범하지 않다는 거잖아. 넌 똑똑한 애가 단어 구별도 못 하냐?"

"에이단, 너 그렇게 정색하는 거 보니까 내가 진짜 싫은가 보구나?"

라나사의 갑작스러운 일격에 에이단은 일순 말문이 막혔다. 하지만 이내 정신을 차리고 대꾸했다.

"그건 네 오해야. 약간 시샘했던 건 맞지만, 싫어하는 건 아니야."

"날 시샘했어?"

"…네가 갑자기 바율이랑 친해졌잖아."

"아아."

라나사가 이제야 알겠다는 듯 고개를 주억거렸다.

"친구를 내게 뺏겼다고 생각한 모양이지?"

"꼭 그렇다는 건 아닌데……."

"알아, 그 마음. 어떤 건지. 나도 그런 적 있거든. 아실이

나 말고 다른 애들한테 잘해 주면 그렇게 열이 받더라고. 내가 애정 결핍이 좀 있거든. 그래서 아실이 나 때문에 고생을 좀 했지."

출출했는지 라나사가 음식을 주워 먹으며 아무렇지도 않게 자기 얘기를 했다.

"내가 제대로 된 부모가 없어서 그런가? 누가 들으면 이상할 수도 있는데, 내게는 아실이 전부였어. 피가 전혀 섞이지 않은 남이지만, 내 인생에서 아실보다 소중하고 귀한 건 없어."

라나사가 볶음 요리에 들어간 새우를 기술 좋게 빼내며 계속 말했다.

"그랬는데, 바율이 아실을 구해 준 거야. 그리고 친구가 되어 주겠다고 했지."

라나사는 시종일관 담담했지만, 그녀가 하는 말의 내용은 그리 담담하게 들을 수 있을 만한 것이 아니었다.

"그래서 바율이 내게도 특별해졌어. 살면서 두 번째로 생긴 친구야. 그래도 바율에겐 나보다 네가 훨씬 소중한 친구일 테니까, 너무 질투하지는 마. 이만하면 해명이 좀 되었겠지?"

"아니, 무슨 그런 해명 같은 걸 바란 건 아닌데……."

라나사의 친구인 아실에 대한 건 바율을 통해 이미 대충 알고는 있었다.

하지만 라나사의 입을 통해 직접 들어서일까. 그녀의 간절함이 고스란히 전해지면서 에이단은 스스로가 한없이 작게 느껴졌다.

"내가…… 너무 유치했던 것 같아."

"에이단."

"바율, 라나사. 미안해. 이제 한 학기만 더 채우면 3학년이 되는 건데, 아직도 이 모양이야. 반성해야지."

그런다고 녀석의 다혈질 성격이 어디 가겠느냐만, 둘러대거나 변명하는 대신 자기 잘못을 인정하고 사과하는 태도만큼은 확실히 성숙해 보였다.

"갑자기 분위기 왜 이래? 일단은 먹자. 그래야 놈들도 처리하지."

일라이가 에이단의 어깨를 툭 치더니 녀석의 접시에 샐러드를 왕창 덜어 줬다.

"얼른 먹고 무럭무럭 자라라, 친구야."

"근데 바율, 윗선 놈들은 어떻게 찾아낼 거야? 무작정 따라오긴 했는데, 좋은 방법이라도 있어? 정령을 이용하려고?"

작은 키를 놀리는 듯한 일라이의 발언에 에이단이 울컥하려는 찰나, 라나사가 궁금한 걸 물었다.

"그때 도르하의 책임자도 죽었잖아. 그자도 없는데 윗선이 올까?"

"올지 안 올지는 애초에 상대에게 달렸어. 누군지도 모르는 사람을 내가 억지로 끌고 올 수는 없으니까. 내가 아는 건 오늘 밤 여기에서 그들이 접선하기로 했다는 거야. 알아서 찾아오는 것이 그들 조직의 방식이고."

"안 오면 완전 허탕이라는 소리네."

"점조직이란 게 원래 꼬리를 잡기가 어렵다고 하잖아."

"그건 그렇지."

"하지만 이곳에 오기만 한다면, 그게 누구든 다시는 도망칠 수 없을 거야."

확신에 찬 바율의 말투에 라나사는 이언을 힐긋 돌아보았다.

"혹시 주변에 만월 기사단이라도 쫙 깔아 놨니?"

"아니, 그러다 눈치챌 수도 있어서. 만월 기사단은 여기 계신 분들이 전부야."

"…그럼 우리, 지금이라도 나가서 주위를 살펴야 하지 않을까?"

상대를 발견해야 잡아들일 수 있다. 이렇게 한가롭게 방에 들어앉아 음식을 먹고 있을 때가 아니었다.

"으음."

바율은 곤란한 듯 친구들을 살폈다. 어디까지 얘기를 해야 할까? 일라이와 마족들의 정체만 밝히지 않는다면 다른 건 다 말해도 괜찮다고 미리 말을 맞추긴 했지만, 자신의 얘기가 아니라서 그런지 역시 조금은 망설여졌다.

"바율?"

"그게…… 이미 그러고 있어."

"이미 그러고 있다니? 그게 무슨 뜻이야?"

라나사는 알아듣지 못할 외국어라도 들은 듯 잔뜩 인상을 찌푸렸다.

"오늘 이곳에 들어와 있는 모든 손님에게 눈이 붙었다고 생각하면 돼."

그게 무슨 개소리니?

라나사는 아무 말 안했지만, 그녀의 눈은 그렇게 묻고 있었다.

"테이머라고 들어 봤어?"

"테이머라면…… 조련사, 뭐 그런 거?"

"응, 사실 에이단이 테이밍 능력자거든."

바율은 에이단을 대신해서 테이머에 대해 간단하게 설명했다.

"…그러니까 지금 우리가 있는 여길 온갖 동물들이 지켜보고 있다는 얘기야?"

"덤으로 셰임까지."

템페스타가 있으면 훨씬 더 간편했겠지만, 아직 카셀과 제대로 얘길 나누지도 못한 상황에 무턱대고 소환할 수는 없었다.

해서 오늘의 감시자는 셰임과 에이단이 불러낸 동물들이었다. 녀석은 도르하에 오자마자 새와 다람쥐, 고양이와 같은 작은 짐승들을 모아서 술집을 포진하다시피 했다. 수상한 기미가 포착되면 바로 뒤를 밟을 준비도 마친 상태였다.

"에이단, 너 엄청난 녀석이었구나?"

에이단이 조기 입학생이란 건 라나사도 익히 아는 바였다. 워낙에 잘난 구석이 많아서 그러려니 했었는데, 이런 비밀을 간직하고 있었을 줄이야.

"아, 뭐…… 이쯤이야."

에이단은 칭찬에 약한 편이었다. 집에서도 아카데미를 그만두라며 구박받는 처지라서 그런지, 누군가 좋은 말을 해주면 답지 않게 쑥스러워하고는 했다.

지금도 그랬다.

"대단하네. 좋겠다."

라나사가 진심으로 감탄하며 바라보자 녀석의 뺨에 홍조가 번졌다.

'됐어.'

그걸 보며 바율은 속으로 쾌재를 불렀다. 에이단도 이제 라나사를 친구로 인식했다는 것쯤은 굳이 묻지 않아도 느낄 수 있었다.

4.

시간이 꽤 흘렀다. 도르하의 책임자가 죽기 전에 말해 주었던 약속 시각에서 벌써 두어 시간이나 지났다.

식사를 끝낸 바율과 친구들은 실내에만 틀어박혀 있으려니 좀이 쑤셨다. 그나마 열린 창문 너머에서 선선한 바람이라도 불어와 다행이었지, 안 그랬으면 진즉에 뛰쳐나갔을지도 모를 일이었다.

구우우—

그때, 밖에서 올빼미 한 마리가 구슬픈 울음소리를 냈다. 의자에 비스듬히 기대어 앉아 있던 라나사가 움찔 놀라더니 건너편의 에이단에게로 몸을 바투 숙였다.

"방금 뭐라는 거야? 왔대?"

"아니. 아무 이상 없대."

"…그래?"

라나사가 실망한 표정으로 나른한 한숨을 내쉬었다.

"여태 아무 소식이 없는 건 조금 이상한 거 아니냐?"

일라이도 틈틈이 탐사 마법을 시행해 보았으나, 특별히 수상하게 느껴질 만한 움직임은 발견하지 못했다.

"설마 진짜 안 오려나? 여기 책임자가 죽은 거 눈치 깐 건가?"

"그건 아니야. 그걸 알려면 어떻게든 다른 사람들과 접촉을 시도한 흔적이 있어야 하는데, 아무런 행적도 없었어. 셰임이 대지의 기억을 이미 다 훑었거든."

그 기억의 한참 끝에 가면을 쓴 남자가 나오기는 했다. 하지만 그건 경매가 있기 훨씬 전이었다.

"데스 녀석, 심심하겠는걸."

"그건 염려 마세요."

모두가 자리한 이곳에서 딱 한 명, 데스가 보이지 않았다. 그는 현재 바율의 특명을 받아 홀로 방 하나를 차지하고 도르하의 책임자인 척 연기를 하고 있었다.

사실 연기라고 할 것도 없었다. 외형만 바꾸었지, 그저 끊임없이 제공되는 음식들을 홀로 마음껏 즐기고 있었다. 날이면 날마다 오는 기회가 아니었기에 그는 이번 일에 직접 자진해서 나섰다.

"차라리 그 윗선인지 뭔지가 엄청나게 신중한 편이라 미적대는 거면 낫겠다. 허탕은 치고 싶지 않다고."

바율의 마음을 일라이가 대변했다.

"혹시 그 죽은 놈이 약속 날짜나 시간을 속인 건 아니겠지?"

"그 상황에 그런 거짓말을 했을 것 같진 않아."

물론 장담할 순 없지만, 적어도 거짓은 아닐 듯했다.

"이미 우리 모르게 왔다가 이상한 낌새 때문에 몸을 피한 건 아닐까? 손님인 척 점잔 빼고 왔으면 우리가 알아보긴 어려울 테니."

"좀 전에 잉그리드가 전해 준 말 못 들었어? 오늘 이 안에 들어온 손님 중에선 아무도 나가지 않았다잖아. 아직 도착하지 않았거나, 이미 와 있거나. 둘 중 하나야."

잉그리드는 한 차례 순찰을 마치고 돌아와 에이단의 손등에서 짹짹거리며 재롱을 피우고 있었다. 그런 녀석의 깃털을 쓰다듬는 에이단의 손길은 무척이나 섬세하고 부드러웠다.

새삼 느끼는 거지만, 동물을 대할 때의 녀석의 얼굴은 어떻게 저런 표정을 지을 수 있을까 싶을 정도로 한없이 자상하고 다정했다.

테이머란 능력은 어쩌면 동물을 소중히 여기는 녀석의 그런 기질로 인해 자연스럽게 생겨난 것은 아닐까?

"도련님. 아무래도 제가 좀 나가서 살펴봐야 할 것 같습니다."

바율이 폴짝거리며 뛰어다니는 잉그리드를 한참 들여다보고 있는데, 이언이 몸을 일으켰다. 자동으로 만월 기사단까지 기립했다.

"아무리 변복을 하셨다지만, 눈에 띄지 않겠습니까?"

"이렇게까지 걸리는 게 아무것도 없는 걸 보면, 나타나지 않을 확률이 높습니다. 정보가 새어 나갔을 수도 있다는 걸 염두에 둬야 할 듯합니다."

"…정보가 샜다고요?"

그건 있을 수 없는 일이었다. 오늘 바율이 여기에 온다는 건 최측근, 즉 지금 함께 있는 이들과 해밀턴에 계신 아버지 정도만 아는 사실이었다. 그들 중 함부로 입을 열 사람은 아무도 없다.

"모든 상황에는 이유가 있기 마련입니다. 작은 변수 하나를 놓치면, 그것이 훗날 어떤 식으로 작용하여 돌아오는지를 저는 너무 많이 보아 왔습니다."

한 가지 끔찍한 예로, 바라첼 상황을 살려 준 대가가 바율의 죽음으로 되돌아왔다. 쥐새끼 같은 자들은 어디든 있는 법이고, 만일 정녕 배신자가 있다면 처결해야만 했다.

이언은 바율에게 인사를 올리고는 기사단을 이끌고 나갔다.

"이언 경의 말씀도 일리는 있어. 미리 다 알고 있다면 절대 올 리 없지."

"그…… 카셀이란 자도 그때 같이 있었잖아. 설마 그놈이 윗선인가?"

"그것도 아예 가능성이 없는 얘기는 아니지."

"눈깔이 맛이 간 게 제정신은 아닐 것 같더라. 사람 여럿 죽인 눈이야."

카셀의 의미를 알 수 없는 눈빛이 떠오르자 라나사의 안색이 대번에 굳어졌다. 놈이 아실을 사들이려고 했던 모습이 생각난 게 분명했다.

"아 씨, 차를 너무 마셨나 봐. 나 오줌 싸고 올게."

별안간 라나사가 벌떡 일어났다. 기품이 절로 느껴지는 저 얼굴에서 갑자기 원초적인 단어가 튀어나오자 친구들은 동시에 흠칫했다.

"표정이 왜들 그래? 내가 못할 소리 했니? 너희는 오줌 안 싸?"

"라나사……."

"듣기 거북하다고?"

"아무래도 좀……."

"그래, 알았다. 내가 조신한 친구들 앞에서 말을 너무 막 했네. 앞으론 주의할게."

라나사는 빈정거리는 게 아니었다. 평소 아실과 하던 대로 편하게 말한 것이 잘못이라면 잘못이었다. 바율을 친구로 받아들이면서 그간의 답답함이 해소되며 아무래도 너무 풀어진 것 같았다.

홀로 독립을 할 때까진 적어도 착한 양딸인 척 양부모의 비위를 맞춰야만 했다. 이러다가 그들 앞에서 실수라도 하면 그녀만 손해다.

'라나사, 정신 차려!'

버릇처럼 스스로를 다독이며 라나사는 볼일을 보러 사라졌다.

"큭큭!"

그녀가 나가자마자 에이단이 참았던 웃음을 터뜨렸다.

"왜 웃는데?"

"라나사 은근 귀엽지 않냐?"

"뭐어?"

시샘할 때는 언제고, 이렇게 갑자기?

친구들의 어이없는 눈빛을 아는지 어쩐지, 에이단이 깔깔거렸다.

"저 얼굴에서 그런 단어가 나올 줄은 정말 몰랐거든. 애가 털털해도 너무 털털하네. 만월 기사단에 입단하면 진짜 잘 어울릴 것 같지 않냐? 몇 년 안 가서 부단장 자리도 꿰찰 것 같은 느낌이야."

"뭐, 달의 일족이란 벽만 넘어선다면 가능하지."

라나사의 실력은 친구들 모두 인정하는 바였다. 그녀의 성향 역시 만월 기사단이 추구하는 방향과도 맞았다.

"근데 만약 진짜 만월 기사단에 들어가게 되면 란데르트 공작가의 가신이 되는 건데, 그땐 바율 네가 라나사의 주군이 되는 건가?"

"내가?"

생각해 본 적도 없는 문제라서 바율은 그저 눈을 동그랗게 떴다.

"만월 기사단은 공작가 소속이잖아."

"그렇긴 한데…… 아버지께서 아직 건재하신데 내가 그렇게 불릴 리는 없지 않을까?"

"그것도 그렇다. 공작 전하께선 마에스터의 경지에 오르시고 거의 불사의 몸이 되셨잖아. 우리보다도 오래 사실 분이니, 쓸데없는 생각이었네."

"그런데 바율. 너도 전대 정령왕의 기운을 품고 있잖아. 그러면 너도 평균 수명보다는 좀 더 오래 살지 않을까?"

로건이 문득 의문을 제시했다.

"타당한 얘기야."

퀸이 고개를 끄덕이며 동조했다.

"정령왕들은 꽤 오래 산다고 알고 있거든. 아마 드래곤보다도 수명이 더 길었던 것 같은데."

"그렇게나 길단 말이야?"

바율은 내심 깜짝 놀랐다. 정령계를 되살릴 생각만 했지, 애초에 수명 같은 것에는 그닥 큰 관심이 없었기에 더 그랬다. 게다가 자신은 그저 정령왕의 기운을 품고 있을 뿐이다. 정령계가 복원되고 나서도 이 기운이 계속 남아있을 거란 보장은 어디에도 없었다.

그래도 조금은 더 오래 살았으면 좋을 것 같긴 하다. 아버지와 함께 더 살 수 있을 테니 말이다.

낳아 주신 부모보다 먼저 죽는 것만큼 큰 불효는 없다고 했다. 하지만 그의 부모님들은 보통의 부모님과는 달랐다.

오십 대의 나이로 이십 대의 젊음을 유지하고 계시는 아버지나, 정령계에 계신 어머니나. 두 분 모두 바율보다는 오래 사실 게 분명하다.

'많이 슬퍼하시진 않았으면 좋겠는데.'

불쑥 드는 우울한 생각에 바율은 입술을 깨물었다.

"꺄아아악!"

누군가의 찢어질 듯한 비명이 들린 것은 그때였다.

"뭐, 뭐야?"

"이거 라나사 목소리 아니야?"

당황은 잠시였다. 친구들이 누가 먼저랄 것 없이 방문을 박차고 튀어 나갔다.

"저쪽이야!"

까만 턱시도 고양이 한 마리가 야옹거리며 앞장서 뛰어 갔다. 에이단이 녀석을 보고 날다람쥐처럼 빠르게 뒤쫓아 갔다.

5.

"라나사, 이 무슨 예의 없는 행동이냐! 이분이 누구신지 알고 그리 소리를 질러! 어서 사과드리거라!"

라나사의 어깨가 모멸감으로 부들부들 떨렸다. 기가 찼다. 자신은 그저 화장실을 다녀오는 길이었을 뿐이다.

그런데 하필이면 거기서 왜 이 인간과 맞닥뜨렸단 말인가. 도르하의 하고 많은 술집 중에서, 가장 비싸다는 이곳에서, 그것도 보안이 철저하다는 곳에서 왜! 왜! 대체 왜!

너무 억울하고 분해서 눈물이라도 나올 것만 같았다.

"껄껄! 나는 괜찮네. 여린 마음에 충분히 놀랄 수도 있지 않겠나?"

"하오나…… 제 딸이 감히 세르팡 백작님의 팔에 손찌검을 하였으니, 이 무례를 어찌 갚아야 할지……."

뭐? 손찌검?

라나사는 그저 징그러운 팔을 쳐 냈을 뿐이다. 성추행을 당했다는 것에 놀라 저도 모르게 비명을 질렀다. 팔을 부러뜨리지 않은 것만으로도 상대는 오늘 운이 좋은 거였다.

"아버지."

라나사는 가까스로 끓어오르는 화를 삼키며 겨우 말했다.

"이분께서 초면에 갑자기 제 엉덩이를 만지셨습니다. 무례를 저지른 건 제가 아니라 이분이라고요."

지금껏 사교 모임에 끌려다니면서 원하지도 않는 상대와 담소를 나누고 춤은 추었을지언정, 감히 이따위 짓을 행하는 인간을 만난 적은 없었다.

"라나사, 아비의 말을 듣지 못한 것이냐? 세르팡 백작님이시다! 보이텍 후작님의 처남이시란 말이다! 아직도 말귀를 못 알아들어? 내 너를 그리 가르치지 않았거늘, 갑자기 왜 이러는 게야? 어서 사죄하지 못해!"

호통치는 보스트리지 남작의 손바닥이 금세 축축하게 젖었다. 오늘 세르팡 백작을 이 자리에 초대한 건 곧 수확될 포도에 맞춰 어마어마한 양의 발주를 따내기 위해서였다.

게다가 그는 요즘 한창 위세를 떨치고 있는 보이텍 후작가의 사람이었다. 기회를 살펴 한 발 깊게 담글 수 있을 거라 기대했는데, 저 망할 년이 나타나서 다 망쳐 버리기 직전이었다.

막말로 엉덩이 좀 쓰다듬었다고 그게 어디 닳는 것도 아니지 않은가? 키워 준 은혜도 모르고 또박또박 대드는 모습을 보자니 속에서 천불이 올라왔다.

"허허, 보스트리지 남작. 사과는 되었네. 내가 너무 경솔했던 게지. 딸 같은 마음에 예뻐한다는 게, 놀란 모양이야."

"아이고, 아닙니다! 이게 다 못난 딸을 둔 저의 불찰입니다!"

"이렇게 된 거, 내가 제안을 하나 할까 하는데……."

"예? 어떤 제안이신지……."

세르팡 백작의 음흉한 시선이 라나사의 전신을 쓱 훑어내렸다. 순간 라사나는 자신의 몸 위로 꼭 벌레가 기어가는 듯한 느낌을 받았다.

"내가 상처한 지 얼마 되지는 않았지만, 누님과 매형께서 벌써부터 성화이신지라……."

백작의 뒷말은 굳이 듣지 않아도 알 수 있었다. 라나사를 그의 후처로 달라는 뜻이었다. 머리 벗겨진 중년 아저씨가 아카데미도 아직 졸업하지 못한 십 대 소녀를 두고 한다는 소리가 기막혔다.

"그렇게만 된다면 앞으로 자네의 포도밭은 내가 책임을 져 주지."

마지막 말이 쐐기였다. 보스트리지 남작의 얼굴이 순간 환하게 물들더니, 조금 전까지 있던 방으로 다시 그를 이끌었다.

"중한 얘기일수록 신중하게 나누어야 하지 않겠습니까? 술상을 다시 차리라 이르지요."

"그거 좋은 생각이군."

"라나사, 뭐 하느냐? 너도 어서 따라 들어오거라."

핫!

라나사는 저도 모르게 고개를 젖히며 웃고 말았다. 자신을 바로 앞에 두고, 이 짧은 사이에 거래가 오고 간다. 급기야 술 시중까지 들으라네.

이런 날이 언젠가 올 거라고 알고는 있었지만, 기분이 참 엿 같아지는 건 어쩔 도리가 없다.

여기서 이 두 새끼들을 다 숙여 버릴까?

그럼 희대의 악녀라며 단두대에서 처형이라도 당하는 건가?

하도 어이가 없다 보니 웃음이 절로 튀어나왔다. 방에다 검을 두고 온 게 다행인지 불행인지 분간이 가지 않았다.

"계속 그러고 있을 게냐?"

보스트리지 남작이 라나사를 죽일 듯 노려보며 채근했다.

"라나사, 여기서 뭐 해?"

그리고 그때, 바율과 친구들이 나타났다. 사실 진즉에 도착하긴 했다. 몇 번이나 끼어들고 싶은 걸 겨우 참은 건, 저들의 작태가 어디까지 추잡해질 수 있는지 보기 위함이었다.

"…누구?"

정신이 없었던 까닭인지, 양딸인 라나사가 여기에 있다는 데 의문 자체를 갖지 못했던 남작이었다. 그런 그가, 자신의 딸을 아는 체하는 일행을 고까운 듯 쳐다보았다.

바율은 그때까지도 본인 얼굴의 반을 가리고 있던 로브의 후드를 벗었다. 얼굴에 붙였던 수염은 이미 떼어 낸 후였다.

'어디서 봤더라?'

보스트리지 남작은 바율을 한 번에 알아보지 못했다. 황궁 베르가라에서 바율이 작위를 받던 날 그도 있기는 했지만, 가까이에서 보지 못한 탓에 바로 떠올리지 못한 것이다.

"바율 도련님, 무슨 일입니까?"

주변 정찰을 마친 이언이 만월 기사단과 돌아온 것은 그
쯤이었다.

"바, 바율?"

남작뿐 아니라 세르팡 백작까지도 소스라치게 놀라며 숨
을 훅 들이켰다. 얼굴은 몰라도, 이름은 모를 수 없다.

"처음 뵙겠습니다. 바율 혼 란데르트라고 합니다."

Chapter 9.
보스트리지 남작

1.

란데르트.

이 네 글자가 주는 압박감은 상당했다. 폴스카 제국은 십년전쟁 이전과 이후로 나뉜다고 해도 과언이 아니었다. 그 기준은 놀랍게도 한 사람, 란데르트 공작의 유무였다.

전쟁에 휩쓸린 제국이 패전을 거듭하며 멸망의 조짐을 보일 즈음 혜성처럼 나타난 란데르트 공작은 오늘날 조국을 대륙의 제일가는 패자로 군림하게 한 일등 공신이었다.

란데르트 공작과 같은 초월자는 어느 국가에도 존재하지 않았다. 그렇기에 그가 속해 있다는 것만으로도 제국은 두려움과 경배의 대상이 되었다.

한데 요즘은 거기에 그의 아들까지 더해졌다.

제국민들은 겹경사라 부르지만, 타국의 입장에선 통탄하고도 남을 만한 일이었다.

란데르트 공작만으로도 버거운 마당에 대륙의 유일한 정령사까지 추가되었으니, 제국은 앞으로 더더욱 그 누구도 넘볼 수 없는 강국이 될 것이다.

혹자는 말한다. 폴스카 제국이 드와이어트 제국처럼 대륙을 일통하겠다는 야심이 없다는 것이야말로 그들에게는 축복이라고.

제국이, 나아가 란데르트 공작이 마음만 먹는다면 그것은 결코 불가능한 일이 아니기에 절대로 그의 심기를 거슬러서는 안 된다며 당부하고 또 당부했다.

재미있는 사실은, 정작 제국의 도당에서는 그 대단한 란데르트 공작을 끊임없이 견제하려는 무리가 있다는 점이었다.

공작의 성품을 익히 잘 알면서도 행여 그가 자신들이 가진 것을 뺏어가지는 않을까, 혹은 무력으로 황위를 찬탈하지는 않을까 노심초사하는 이들도 있었다.

그리고 그건 폴스카 제국의 현 주인인 프라이트 멜라크무어 황제 역시 마찬가지였다.

란데르트 공작은 황제가 유일하게 공대를 하는 신하였

다. 그것만 보아도 그가 공작을 얼마나 중히 여기는지 알수 있다.

전대 황제를 닮아 그의 형들은 유독 허약했던 반면, 외탁한 그는 어려서부터 총명하고 패기가 넘쳤다.

그랬기에 이십 대가 되기도 전에 요절한 그의 형들이 살아 있었을 때, 그들을 대신해 그가 황태자의 자리에 책봉되는 것에 반기를 드는 이는 아무도 없었다.

그리고 십년전쟁이 터지기 바로 직전 해에 전대 황제가 병마를 이기지 못하고 결국 붕어하면서 정식으로 폴스카 제국의 제35대 황제에 올랐다.

여색을 밝히는 것이 약간의 흠이라면 흠. 하나 그는 황제로서 맡은 바 직무에 충실했고, 제왕으로서의 자질을 유감없이 펼쳤다.

황제는 야망이 있는 사람이었다. 동시에 삼남으로 태어나 두 형을 제치고 황위를 이을 만큼 능력도 있는 사내였다.

그는 공신인 란데르트 공작을 진심으로 아끼고 존경하지만, 경계심을 늦추지도 않았다. 그것은 세상을 발아래에 둔자가 권력을 지키고 보존하기 위한 본능이었다.

헥터 후작이나 보이텍 후작과 같은 이들을 완전히 내치지 않는 것 또한 란데르트 공작을 경계하기 위한 일환이라고 할 수 있었다.

"…보스트리지 남작님?"

이런저런 걱정에 빠져 있던 남작은 자신을 부르는 목소리에 어깨를 흠칫 떨며 현실로 돌아왔다.

"무슨 문제라도 있으십니까? 안색이 좋지 않아 보이시는데요."

바율이 물었지만 심란한 보스트리지 남작은 그저 침만 꼴깍 삼켰다. 그답지 않게 대꾸할 말이 바로 떠오르지 않았다. 온갖 잡념이 남작의 머릿속을 헤집으며 돌아다녔다.

상대는 고작 열일곱 살 소년이었다. 하나 녀석이 가진 배경은 절대 '고작'이라는 단어로 표현할 수 없다.

조금 전까지만 하더라도 갖은 감언이설을 해 가며 비위를 맞추느라 애썼던 세르팡 백작은 이제 더 이상 눈에 들어오지도 않았다.

대관절 자신이 어째서 이런 상황을 마주하게 된 것인지 거북하고 불편하기만 했다.

'내가 딱히 뭘 그리 잘못한 것도 없는데 말이지.'

그는 스스로 떳떳하다 못해 당당했다. 그럼에도 이상하게 자꾸만 불안한 기분이 들었다. 열린 창문 너머에서 스산한 바람이라도 불어오는지 뒷골마저 서늘하다.

"저희도 안으로 들어가서 얘기하죠."

웃는 낯으로 그리 권하던 바율을 미처 뿌리치지 못하고 실내로 함께 들어왔다. 그리고 어쩌다 보니 바율 일행과 대적이라도 하듯 마주 앉았다.

'라나사.'

양딸인 라나사가 바율 곁에 붙어 앉아 있었다. 아비인 저를 두고 말이다.

'그래. 저년 때문이야. 저년 때문에 이리 불길한 것이야.'

이유도 까닭도 없는 괜한 원망이 보스트리지 남작을 집어삼켰다. 그가 버릇처럼 경멸에 찬 시선으로 라나사를 노려보았다.

'저것이 조용히 고분고분하게만 굴었어도 마주칠 일은 없었을 것을!'

감히 제 아비가 누군지도 모르는 천한 것이, 자신이 기껏 공들인 사업에 찬물을 끼얹었다. 이 자리가 파하는 대로 분이 풀릴 때까지 벌을 내릴 참이었다.

여태껏 귀한 상품이라 취급하여 손대지 않았거늘, 오늘만큼은 결코 그냥 지나칠 수 없었다. 머리가 좀 컸다고 대드는 것 같은데, 목줄을 쥔 사람이 누구인지를 똑똑히 가르쳐 주어야 할 필요성을 느꼈다.

"라나사가 무슨 잘못이라도 했습니까?"

"…무슨?"

미간을 찌푸린 채 물어오는 바율의 음성은 얼음처럼 차가웠다. 눈빛 역시 냉기가 철철 흐르고 있었다.

"아까부터 계속 그렇게 노려만 보고 계시지 않습니까. 황궁에서 뵈었을 때와는 무척 다르시군요. 그땐 따님을 매우 자랑스러워하셨던 것 같은데 말입니다."

"크흠…… 그건……."

당황한 나머지 표정에 속마음을 드러내고 말았다. 보스트리지 남작은 헛기침을 몇 번 토하다가 겨우 핑계를 끄집어냈다.

"아무래도 술집이란 곳이 좀 그렇지가 않습니까? 아직 아카데미도 졸업하지 못한 학생이 드나들기에 적합한 장소는 아니지요. 제 딸이지만, 이런 곳은 전혀 모르는 순진한 아이였거늘 어쩌다 이리되었는지…… 휴우! 아비로서 속상하기가 이루 말할 수가 없습니다."

그러니까 귀한 딸이 술집을 드나들어서 잠시 흥분을 했다는 이야기였다. 한숨까지 내뱉는 모양새가 꽤 그럴듯하게 보인다. 조금 전엔 그 귀한 딸에게 술 시중을 들라고 하더니, 참으로 뻔뻔한 자였다.

"제가 오자고 하였습니다."

"…예?"

나이는 어려도 바율은 황제에게 직접 작위를 하사받은 백작이었다. 남작인 그보다 신분이 한참 위라는 뜻이다. 배알은 꼴리지만, 그는 속내를 감추며 실수 없이 존대로 응수했다.

"그런 이유라면 저 역시 못 올 곳에 온 셈이로군요."

"란데르트 백작님……."

"저 또한 라나사와 같은, 아직 아카데미도 졸업하지 못한 학생이니까요."

"그렇게 따지면 우리도 똑같지. 저희도 전부 2학년이거든요."

에이단이 입꼬리를 씨익 올리며 보스트리지 남작에게 자신을 소개했다. 물론 그런 녀석의 눈은 전혀 웃고 있지 않았다.

"정식으로 인사드립니다. 에이단 슈 레오네트라고 합니다."

"레, 레오네트?"

"작년에 아카데미 사절단으로 황궁을 방문했을 때 멀리서나마 뵈었었는데, 기억하지 못하시나 봅니다. 하긴, 그때 꽤 바빠 보이시긴 하더라고요."

에이단의 지적은 정확했다. 당시 남작은 귀족들과 인맥을 쌓느라 어린애들은 눈에 들어오지도 않았다.

하지만 지금은 아니었다. 포도주를 생산하면서 어찌 레오네트가를 모를 수 있을쏘냐. 도르하에서 나는 포도주의 반 이상은 레오네트가를 통해 제국에 유통되고 있을 정도였다.

란데르트에 이어서 레오네트까지.

보스트리지 남작은 정신이 다 혼미했다. 하지만 그건 시작에 불과했다.

"로건 드 세이모어입니다. 라나사에게 말씀 많이 들었습니다."

'말이라니? 무슨 말을 들었다는 건가?'

남작은 하마터면 그렇게 물을 뻔했다. 제국에서 만월 기사단 다음으로 용맹한 기사단을 소유한 가문까지 나왔다. 다음은 또 뭐가 튀어나올지, 급기야 그의 심장이 쿵쾅거렸다.

"일라이라고 합니다."

의외로 이번에는 단출했다. 목소리만 아니라면 여자라고 해도 믿었을 정도로 아름다운 외모의 소년이었다. 실제로 밖에서 그를 처음 보았을 때 남작은 물론, 세르팡 백작까지 잠시 시선을 떼지 못했었다. 특히나 요요하게 빛나는 붉은

색 눈동자가 묘하게 그들을 사로잡았다.

"참고로 이 녀석의 아버지는 캐링스턴 아카데미의 이사 장님이십니다. 혹시 발레리 백작가라고 들어 보셨나요?"

'그러면 그렇지.'

에이단의 친절한 부연 설명에 보스트리지 남작은 탁자 아래 가려진 양손을 세게 그러쥐었다.

"퀸입니다."

퀸은 이미 생김새부터가 그의 신분을 나타내고 있었다. 인어국에서 유학을 왔다는 인어국 왕자의 소문은 진즉에 제국에 파다하게 번진 상태였다.

"아하하하…… 우리 라나사가 아카데미에 입학하더니 대단한 친구들을 사귀고 있었구나. 그동안 아비에게는 왜 한마디도 안 한 것이냐? 진작 말했으면 오늘 같은 자리를 손수 마련했을 터인데."

보스트리지 남작은 가까스로 억지웃음을 만들어 내며 책 망하듯 라나사를 바라보았다.

자신의 양딸은 제 어미를 닮아 얼굴만 반지르르하지, 애 교는커녕 상냥한 구석이라곤 눈곱만큼도 없었다. 아카데미 에서도 얼음 여신이라 불린다는 얘길 듣고 어이가 없었지 만, 싸구려 연애질을 해서 값을 떨어뜨리는 것보다는 나았 기에 그냥 두었다.

한데, 그런 네가 저 정도 수준의 남자를 홀리는 재주가
있었더냐?

그것도 하나가 아니라 넷이나?

"홋."

라나사가 크지 않게, 그러나 작지도 않게 피식 미소를 흘
렸다. 그녀는 자신의 양부가 무슨 망상을 하고 있는지 눈앞
에 훤히 그려졌다. 남자와 여자에 관해서라면 한 가지 생각
밖에 하지 못하는 그의 단순함과 무식함이 새삼 경이로울
지경이었다.

"조금 전엔 학생 신분으로 이런 곳을 찾은 저희를 나무
라시더니, 한 입으로 두 말씀을 하시는 분이셨군요."

어쩐지 정색하는 듯한 바율의 말투에 남작이 성마르게
고개를 저으며 변명했다.

"그, 그런 뜻이 아닙니다! 당연히 이곳이 아니라 본가로
모셔야지요. 늦었지만 이제라도 가시겠습니까?"

바율은 오로지 황명만을 받드는 특무 대신이었다. 대접
을 소홀히 했다가 어떤 불상사가 생길지 모른다.

페하, 보스트리지 남작은 영 아닌 것 같습니다.

머릿속으로 불현듯 드는 아연한 상상에 남작은 현기증이

날 것만 같았다.

이 어린놈을 어떻게 달래서 자신의 편으로 만들어야 할까.

애초에 바율이 왜 정색을 하고 있는지 그 까닭도 모르면서, 남작은 초조하게 입술을 잘근 깨물었다.

'하아.'

라나사는 고소한 기분이 드는 한편 기가 찼다. 그녀는 자신의 양부가 이렇듯 쩔쩔매는 모습을 본 적이 없었다.

밖에 나가서야 윗사람들에겐 당연히 그리했겠지만, 적어도 여기, 도르하. 그의 땅에서, 더욱이 그녀의 앞에서 남작은 언제나 거만하고 오만하게 굴었다.

알고는 있었다. 그의 양부라는 작자가 약자에게는 독하고 잔인하지만, 강자에게는 한없이 비굴하고 굽실거린다는 것을.

그저 그것을 바로 코앞에서 적나라하게 보게 되자 생각보다 훨씬 역겨울 뿐이었다.

"아닙니다. 말씀은 감사하나 아직 해야 할 일이 남아서요."

"해야 할 일이요?"

"네."

바율의 짤막한 대답에 보스트리지 남작은 그제야 머리라

는 게 돌아갔다. 갑작스러운 만남에 놀라 상대가 왜 이곳에 있는지 여태 묻지도 못했다.

"그러고 보니 도르하에는 어쩐 일로……?"

"참 빨리도 물어보시네요."

바율은 한 박자 쉬었다가 말을 이었다.

"노예 상인을 잡기 위해 방문했습니다. 여기 도르하에서 노예 경매장이 발견되었거든요."

"노, 노예 경매장이라고요?"

생각지도 못한 얘기였는지 보스트리지 남작의 눈알이 튀어나올 것처럼 커졌다.

"전혀 들은 바가 없으십니까?"

"무, 물론입니다! 노예 경매라니! 어찌 그런 불경스러운 일이……!"

자신을 의심하는 듯한 바율의 질문에 보스트리지 남작은 펄쩍 뛰었다. 이제껏 완전무결하게 사업을 해 온 것은 아니었지만, 그에게도 나름의 선이 있었다. 나라에서 엄격히 금하고 있는 노예 거래에 손을 댈 만큼 멍청하지도, 급하지도 않았다.

"그것참 이상하군요."

바율은 느른하게 대꾸하며 짐짓 고민하듯 턱을 쓰다듬었다.

"조사에 따르면 이곳 도르하에서 노예 경매가 이뤄진 게 처음이 아니던데요."

"처, 처음이 아니라고요?"

"네."

남작을 향한 바율의 시선에 의혹이 깊어졌다.

"보스트리지 남작님도 아실 겁니다. 노예 시장은 아주 비밀스럽고 철저하게 점조직으로 운영된다는 거."

"그, 그렇죠."

"그래서 거래 장소가 매번 바뀐다는 것도."

그런데 왜 이곳은 예외일까요?

바율은 굳이 묻지 않았지만, 그의 침착한 어조에는 분명한 추궁이 담겨 있었다.

보스트리지 남작은 머리털이 바짝 곤두섰다. 여기서 입을 잘못 놀렸다가는 꼼짝없이 억울한 누명을 쓸 판이었다.

대체 어떤 망할 놈들이 자신의 땅에서 그런 짓거리를 벌인 건지, 당장 찾아다가 사지를 끊어 놓고 싶은 심정이었다.

"…란데르트 백작님도 아시다시피, 도르하를 방문하는 사람이 하루에만 수백 명입니다. 도시 특성상 유흥거리가 많을 수밖에 없는 곳이죠. 아무래도 놈들이 그런 점을 노리고 도르하에 접근한 것이 아닐는지……."

"저도 그 부분은 남작님과 같은 생각입니다. 시끌벅적한 곳이 남들 눈을 피하기엔 여러모로 편리하니까요."

"네, 네. 그렇지요! 이놈의 포도주가 뭔지, 한겨울에도 불야성을 이루는 도시가 아닙니까! 아시는지 모르겠지만, 포도주 소비량이 제국에서 가장 많은 곳이 바로 여기 도르하입니다! 제가 연간 내는 주세가 얼마인지 란데르트 백작님께서 들으시면 아마 깜짝 놀라실 겁니다. 자그마치……."

"근데 그거 아십니까?"

"예?"

자랑하듯 막 떠벌리던 남작의 눈매가 순식간에 굳어졌다. 왠지 예감이 좋지 않다. 바율 곁에서 라나사가 한심하다는 듯한 표정을 짓고 있는 것을 전혀 알지 못한 채, 그는 조마조마한 마음으로 이어질 말을 기다렸다.

"방치도 죄입니다. 보스트리지 남작님께서 앉아 계신 자리는, 그냥 몰랐다고 해서 적당히 넘어갈 수 있는 위치가 아니라는 뜻입니다."

"하지만 저는 정말……."

"본인의 무능함을 변명거리로 삼지 마십시오. 이미 힘없는 사람들이 가축보다 못한 신세로 전락하여 유린당했습니다. 조사를 통해 남작님의 결백이 증명된다고 해도, 책임을 완전히 피하실 수는 없을 겁니다."

사실 바율은 여태까지의 대화만으로도 남작이 노예 상인과는 아무 관련이 없다는 걸 짐작할 수 있었다. 그는 욕심은 많지만, 그에 어울리지 않게 배포는 작았다. 감히 노예 시장에 나설 생각 따위는 하지도 못할 작자였다.

그럼에도 바율이 이리 겁을 주는 건, 라나사에 대한 그의 태도 때문이었다. 양딸이기 이전에, 그녀는 그의 조카였다.

조카를 저리 비정한 눈으로 쳐다보는 이가 세상에 몇이나 되겠는가? 바율과 친구들이 있었기에 망정이지, 그마저 없었다면 그저 차가운 눈빛 정도로 끝나지 않았을지도 몰랐다.

라나사는 체념한 듯 줄곧 무표정한 얼굴이지만, 그건 가면일 뿐이었다.

그녀는 그저 견디는 중이다. 쌓이고 쌓인 상처는 언젠가는 곪아서 터지고 만다.

라나사에게 그 시기가 왔을 때 그 통증을 조금은 줄여 주고 싶었다. 더 이상 이런 일로 그녀가 아파하지 않았으면 하는 바람이었다.

"크흠, 옆에서 듣자 하니 말이 조금 지나친 감이 없지 않이 있는 것 같군."

여태 꿔다 놓은 보릿자루처럼 얌전히 앉아만 있던 세르팡 백작이 끼어든 것은 그때였다.

가뜩이나 라나사에게 한 짓거리가 있어, 그를 혼쭐 낼 기회만 엿보던 바율과 친구들이었다. 다섯 쌍의 눈이 한꺼번에 그를 노려보자 백작이 잠시 주춤거렸다.

그러나 그는 이내 노련하게 시선을 회피하며 슬그머니 보스트리지 남작의 편을 들었다.

"노예 상인은 그 대단한 란데르트 공작 전하께서도 근절하시지 못할 만큼 철두철미한 집단이 아닌가. 아무리 보스트리지 남작 영내에서 벌어진 일이라고는 하나, 아무것도 몰랐을뿐더러 관련조차 없는데 책임을 묻는 것은 과한 처사인 듯하다만."

"지금 과하다 하셨습니까?"

바율의 고개가 삐뚜름하게 기울어졌다.

"혹시 노예 경매장에 가 보셨습니까?"

"무, 무슨 그런 무례한 것을 묻는 겐가! 나는 그러한 곳 근처에는 가 본 적도 없네!"

노예를 사고파는 행위는 전부 범죄였다. 바율이 자신을 범죄자 취급이라도 한다고 여겼는지, 세르팡 백작이 얼굴이 벌게져서는 소리쳤다.

"저는 가 보았습니다. 가면을 쓰고 직접 경매에 참가도

하였지요."

"…그건 불법이지 않은가?"

"다른 말로 함정 수사라고도 합니다."

양부가 보는 앞에서 어린 소녀를 성추행한 자의 입에서 '불법'이란 단어가 튀어나오다니. 바율은 순간 어처구니가 없어 실소를 터뜨릴 뻔했다.

"한 열 살 정도 되었을까요? 어린 여자아이가 속살이 훤히 비치는 얇은 옷차림을 하고 단상에 오르더군요. 겁에 질려 오들오들 떨고 있는 그 아이를 보며 어느 누구도 가엽게 생각하거나 불쌍히 여기지 않았습니다. 오히려 열에 들떠서는 경쟁하듯 가격을 매기기 바빴죠. 제가 아니었다면 삼만 쿠나에 낙찰된 그 아이는 지금쯤 변태 성욕자의 노리개가 되어 있었을 겁니다. 어쩌면 목숨을 부지하지 못했을지도 모르죠. 겨우 열 살짜리 아이가 말입니다."

바율의 말투는 무척이나 담담했다. 하지만 그런 그에게서 뿜어지는 분위기는 그 말투와는 대조적이었다. 화가 난 것 같기도 하고, 그렇지 않은 것 같기도 해서 제법 헷갈렸다.

다만 한 가지, 기분이 썩 좋아 보이지 않는다는 것은 확실했다.

"그들이 그곳에서 어떤 행태로 놀아나는지 직접 보셨다

면, 아마 조금 전 과하다는 말씀은 하지 못하셨을 거라 장
담하죠."

세르팡 백작의 하얗게 질린 얼굴을 똑바로 응시한 채, 바
율은 손을 뻗어 이미 식어 버린 차를 한 모금 들이켰다. 그
일련의 행위가 어째선지 백작에게는 거대한 태산이라도 맞
닥뜨린 듯 압박감으로 다가왔다.

"…노예 경매가 도르하에서 처음이 아니라는 증거는 무
엇입니까?"

이제 슬슬 겁이 나기 시작한 모양이었다. 보스트리지 남
작이 땀으로 흥건해진 이마를 대충 손바닥으로 문대며 바
율에게 물었다.

도르하의 주인으로서 책임을 져야 한다면, 피할 도리는
없었다. 하나 일이 처음 벌어진 것과 상습적으로 벌어진 것
은 분명 다르다. 가능한 한 책임의 무게는 가벼울수록 좋았
다.

"노예를 사러 온 자들이 울며 빌며 말하더군요. 뭐든 다
할 테니 제발 살려만 달라고. 그들의 입을 통해서 직접 들
었습니다."

"게다가 경매가 벌어졌던 도박장의 지하 공간. 아버지께
서 그곳에 가 보셨다면 단번에 아셨을 거예요. 그렇게까지
만들어 놓았다면 한 번 쓰고 버릴 단발성 장소는 아니라는

거.”

“라, 라나사! 너는 그걸 어찌 아는 게냐? 설마 너도 거기에 간 것이냐?”

갑작스러운 양딸의 말에 보스트리지 남작이 기함하더니 목소리를 높였다.

“내 허락 없이는 함부로 행동하지 말라 했거늘! 제 버릇 개 못 준다더니, 또 천방지축으로 날뛴 것이냐! 대체 얼마나 더 가문을 수치스럽게 만들 작정인 게야!”

라나사가 노예 경매장에 있던 것이 알려지면 중매 시장에서의 값어치는 폭삭 떨어질 게 분명했다. 아니, 그런 값을 따지기도 전에 죄를 물어 옥에 들어가게 될 것이다.

보스트리지 남작 입장에선 그것이야말로 죽 쑤어 개 준 격이었다. 아무런 이득도 보지 못한 채로 라나사를 날리게 생겼으니 말이다.

“뭔가 오해하신 것 같은데, 라나사는 저를 도왔을 뿐입니다.”

“…예?”

라나사에게 한 소리 더 퍼부으려던 남작이 멈칫했다. 그게 무슨 소리냐는 듯 그의 눈이 휘둥그레 떠졌다.

“도르하를 잘 알고 있을 만한 친구의 도움이 필요했거든요.”

"아, 그러면 라나사와 같이……."

"네, 저와 함께 움직였습니다."

그제야 보스트리지 남작의 안색이 한결 나아졌다. 조금 전까지만 해도 라나사를 매섭게 노려보던 눈초리가 언제 그랬냐는 듯 부드럽게 휘어졌다.

"이런, 라나사. 아비가 잠시 오해를 했구나. 그런 줄도 모르고……."

라나사를 향해 애써 미소를 짓는 남작의 얼굴은 누가 봐도 참 가식적이었다.

그래서일까.

바율은 저도 모르게 충동적으로 내뱉었다.

"라나사가 만월 기사단에 입단하고 싶다고 하더군요."

"…만월 기사단에요?"

보스트리지 남작이 진짜냐는 듯 놀란 눈으로 라나사를 쳐다봤다. 하지만 당사자인 라나사 역시 그와 비슷한 눈을 한 채 바율을 보고 있었다.

너 왜 그래?

갑자기 무슨 소리를 하는 거야?

바율은 라나사의 의문 어린 표정을 못 본 척하고는 보스 트리지 남작에게 물었다.

"따님의 엄청난 검술 실력에 대해선 이미 알고 계시겠

죠?"

"그야…… 당연히 알고는 있습니다만."

"이건 라나사에게도 아직 말하지 않았던 건데……."

바율은 잠시 뜸을 들였다가 잘 들으라는 듯 또박또박 힘주어 말했다.

"실은 아버지께서도 눈여겨보고 계십니다."

"라, 란데르트 공작 전하께서 우리 라나사를 말입니까?"

예상치 못한 이름이 튀어나온 탓인지 남작이 더듬거리며 반문했다. 옆에 있는 세르팡 백작도 흠칫하는 게 느껴졌다.

바율은 아무렇지도 않게 툭 뱉은 말이지만, 기실 허투루 들을 수 있는 이름이 아니었다. 다른 누구도 아니고, 무려 란데르트 공작이었다.

제국의 유일한 공작이자, 총사령관이며, 마에스터의 경지에 오른 전설의 사내.

만월 기사단의 수장인 그가 라나사에게 관심을 보인다.

이러면 어떻게 되는 거지?

중매 시장은 물 건너간 건가?

아니, 그보다 란데르트 공작의 눈에 들었으니 더없이 훌륭한 연줄 하나가 생긴 것인가?

별안간 오만 가지 생각과 가능성이 남작의 머릿속을 오가며 그를 정신없게 만들었다.

'바율, 너……!'

의아했던 라나사는 뒤늦게 바율의 의중을 알아차렸다. 바보가 아닌 이상 모를 수 없다.

보스트리지 남작은 본인의 출세를 떠올리며 달콤한 상상에 젖어 있지만, 조금 전 바율은 기실 그에게 경고를 한 셈이었다.

자신의 아버지가 지켜보고 있으니, 더 이상 라나사를 함부로 대하지 말라는 뜻으로.

조금 전 바율은 제 눈앞에서 추악한 이야기가 오고 가는 것을 목격했다. 심지어 라나사는 그의 친구였다. 그런 식으로 그녀가 취급되는 것 자체가 바율로서는 불쾌하고 참기 어려웠다.

라나사는 괜한 참견을 한다며 뭐라 할지도 모르겠지만, 그건 나중 일이었다.

바율은 그저 어린 딸에게 술 시중을 시키는 인간과 서슴없이 추행을 일삼는 자에게서 친구를 지키기 위해 자신이 할 수 있는 바를 했을 뿐이다.

"라나사라면 제국에서 제일가는 기사가 될 겁니다. 그렇지, 애들아?"

"암. 당연하지."

"라나사를 누가 이겨."

"백 년에 한 번 나올까 말까 한 독종인데."

"절대 불가능하지."

긍정하는 친구들을 잠시 어이없다는 듯 바라보던 라나사가 결국 포기한 듯 픽 웃으며 고개를 돌렸다. 그런 그녀의 두 귀가 어느 틈엔가 붉게 물들어 가고 있었다.

Chapter 10.

특별 외전
: 공작님이 사랑에 빠졌어요

1.

　란데르트 공작이 아내를 처음 본 건 초여름, 비가 내리던 밤이었다. 그가 아직 공작이 아닌 백작이라 불리던 시절, 십년전쟁이 대륙을 한창 피로 물들이던 그때. 전투를 마치고 본국으로 귀국하는 도중 마치 운명처럼 아내를 만났다.

　밤낮없이 쉬지 않고 쏟아지는 비로 인해 행군이 늦어졌고, 엎친 데 덮친 격으로 저체온증까지 수하들을 덮쳤다. 어쩔 수 없이 지나치다 마주한 산골 마을에서 하루를 머물게 되었다.

　당시 란데르트 공작은 이미 대륙에 유명세를 떨치고 있었다.

드와이어트 제국과의 전쟁으로 제국이 절체절명의 위기에 처한 순간, 한 젊은 남자가 긴 은발을 흩날리며 홀로 적진으로 나아갔다.

고전을 면치 못하고 있던 제국군은 사내가 미친 건가 싶었다. 그리 자결하고 싶으면 아무도 없는 곳에 가서 조용히 끝낼 일이지, 왜 만용을 부려서 저들까지 사령관의 눈치를 보게 하는지 절로 목구멍에서 욕설이 스멀스멀 올라왔다.

하지만 그랬던 그들의 눈이 튀어나올 것처럼 커지는 데는 오랜 시간이 필요하지 않았다.

수백의 적군에 둘러싸인 채 한 치의 망설임도 없이 검을 휘두르는 그의 모습은 같은 남자가 봐도 숨이 막힐 정도로 아름다웠다.

시각은 해가 떨어지고 막 달이 차오를 무렵이었다. 꽉 찬 보름달이 공작을 마치 보호라도 하듯 전장을 내비쳤다.

월광 아래 마음껏 적을 유린하는 그의 신위는 한 폭의 명화를 감상하는 듯한 느낌마저 주었다.

직접 보지 못했다면 그의 업적을 누구도 믿을 수 없었을 것이다. 단 한 명의 사내가 상처 하나 없이 수백의 군사를 한자리에서 도륙했다.

지금이 전시 중이라는 사실조차 망각한 채 제국군 전체가 그저 멍하니 그 광경을 지켜보았다. 흔한 감탄사조차 나오지 않았다.

그의 절제된 동작과 유려한 움직임에 그대로 압도되었
다. 귀신에게 홀렸다는 표현이 자연스럽게 떠올랐다.

결국 채 한 시간을 버티지 못하고 적군이 후퇴를 명령했
다. 그리고 그때 기다렸다는 듯 일단의 무리가 말을 탄 채
로 적진을 향해 돌격했다.

누구 하나 그들의 정체에 관해 묻는 이는 없었지만, 그들
이 적들 사이에서 화려한 군무를 추듯 전투에 임하고 있는
사내의 수하라는 건 본능적으로 알아차릴 수 있었다.

어디서 이런 괴물들이 한꺼번에 몰려나온 것일까.

그들은 그야말로 일당백이었다.

사내보다는 못할지언정, 자신들과는 수준 자체가 다르다
는 걸 인정할 수밖에 없었다. 손발이 척척 맞는 그들 앞에
서 방금까지 자신들을 희롱하며 괴롭히던 상대가 도망은커
녕 속수무책으로 쓰러졌다.

그것이 훗날 '살아 있는 전설'이라 불리는 란데르트 공
작과 만월 기사단의 화려한 데뷔 무대였다.

"멀지 않은 곳에 작지만 괜찮은 온천탕이 있습니다. 오
늘 같은 날씨에 굳은 몸을 푸시기에 아주 최고의 장소이지
요. 그곳에서 몸을 녹이고 계시면 소인이 술과 음식을 준비

하도록 하겠습니다."

"술과 음식은 되었네."

란데르트 백작은 잠시 쉬고 싶을 뿐이었다. 그를 만나는 사람마다 대접하고 싶어 안달이 난 모습을 보는 것도 이제는 지겨웠다.

이런 것들이 부담스러워서 지금껏 눈에 띄지 않게 조용히 살아왔건만, 전쟁이란 것이 그의 발목을 붙잡았다.

제국의 패전 소식이 들려올 때마다 그는 수많은 고민에 휩싸였다. 자신의 실력을 제대로 드러낸다면 미래가 어찌 될지는 너무나 뻔한 노릇이었기 때문이다.

그렇다고 망해 가는 조국을 보고 있을 수만은 없었다. 그의 가족과 영지민을 지키기 위해서라도 결단을 내려야만 했다.

삼십 대가 되기 전에 이미 마에스터의 경지에 오른 그는, 용병왕 바라첼을 상대할 수 있는 건 자신뿐이라는 걸 이미 예감하고 있었다.

고민은 다소 길었지만, 결정을 내리면 속전속결로 치고 나가는 것이 그의 성정이었다. 다행히 그의 수하들은 그것을 아주 잘 따라와 주었다.

덕분에 위험한 전장마다 끌려가는 신세가 되었지만, 그는 언제나 승리했고, 그 값을 톡톡히 치르는 중이었다.

'하지만 역시 너무 귀찮군.'

어딜 가든 화제의 중심이 될 수밖에 없는 작금의 현실이 그를 점점 지쳐 가게 만들고 있었다. 그가 아내를 만난 건 바로 그 시점이었다.

백작은 술과 음식을 수하들에게 양보하고 온천탕에 몸을 담그는 것으로 피로를 풀기로 했다.

밤하늘에선 여전히 비가 내리고 있었지만, 그쯤은 그에게 아무런 영향을 끼칠 수 없었다.

따듯한 물에 들어갈 상상을 하며 기분 좋게 우비를 벗고 상의를 벗으려는 순간, 점점 가까워지는 발걸음 소리가 들려왔다.

그의 미간에 삽시간에 주름이 번졌다.

마을의 촌장이 결국은 그의 명을 어기고 술과 안주를 내오는 것이라 여겼다. 목욕에 대한 아쉬움과 촌장에 대한 노여움을 겨우 참으며 다시 옷을 입으려는데, 불청객의 걸음이 빨라졌다.

그리고 구름을 벗어난 달빛 아래, 차가운 비를 맞으며 한 여인이 그의 눈앞에 나타났다.

란데르트 백작은 생애 처음 벼락을 맞는 기분이 이런 것일까, 하고 저도 모르게 생각했다.

여인에게서 도저히 시선을 뗄 수가 없었다. 그간 아름다운 여인이라면 숱하게 보았지만, 그녀는 어딘가 달랐다. 다르다는 말로밖에는 설명할 길이 없었다.

푸른색 보석을 박아 놓은 듯한 깊고 순수한 눈동자가 저를 마주했을 때, 그의 심장이 무섭도록 뛰었다.

둥근 이마, 곱게 휘어진 눈썹, 새하얀 피부. 어떻게 저 안에 눈, 코, 입이 다 들어갈 수 있는지 신기할 정도로 작은 얼굴이었다.

비가 내려서일까.

그녀는 마치 물빛을 머금은 듯 영롱하게 빛났다. 길고 푸른 머리칼이 그녀의 엉덩이 부근에서 찰랑거렸다.

그녀의 그 풍성한 머릿결에 손을 집어넣고, 손가락 사이로 사르르 부드럽게 흘려보내고 싶다는 충동이 부지불식간에 백작을 사로잡았다.

'미쳤구나.'

단 한 번도 여인을 보고 떠올려 본 적 없는 생각이었다. 백작이 당혹감과 혼란으로 말을 잇지 못하자, 줄곧 그를 호기심 어린 눈길로 살피던 여인이 방긋 미소를 지었다.

란데르트 백작은 들고 있던 우비가 떨어지는 것도 인지하지 못했다.

여인의 미소에 그대로 혼이 나가 버린 것이다. 첫눈에 반한다는 게 어떤 것인지 서른이 넘고 나서야 알게 되었다.

그 흔한 통성명도 없이 백작과 여인은 그런 상태로 서로를 한참 동안 바라보기만 했다. 수하가 잠자리에 들 시간이라며 온천탕을 찾아오지 않았더라면, 어쩌면 밤새도록 그러고 있었으리라.

2.

하루만 쉬어 가기로 하던 게 벌써 사흘째로 접어들었다. 게으름과는 거리가 먼 백작이었기에 만월 기사단 사이에선 단장이 부상을 당한 게 아니냐는 말까지 나돌았다. 그들을 걱정시키지 않으려고 몰래 혼자 치료를 하는 게 틀림없다며 대책 연구에 나서기도 했다.

그러나 그들의 염려는 란데르트 백작이 여인과 함께 있는 모습을 보고 산산이 부서졌다.

"단장님이 저렇게 웃으실 수도 있는 분이셨어?"

"나 지금 눈에 뭐가 들어간 것 같거든? 한 번 세게 불어 봐."

"후우!"

"악! 너무 세잖아, 이 자식아!"

너무 놀란 탓일까?

만월 기사단은 감히 나서지 못하고 각자 은신술을 발휘해 가며 단장을 몰래 구경했다.

둘은 한 쌍의 아름다운 커플 그 자체였다. 비가 내려 질척해진 산길을 옷이 더럽혀지는 것도 마다하지 않고 나란히 걸어가는 장면을 보고 있자니, 정말이지 선남선녀가 따로 없었다.

"앗."

그러다 여인이 땅 위로 돋아난 작은 돌을 실수로 헛디뎠다. 백작은 그녀를 보호하기 위해 본능적으로 손을 뻗어 그녀의 손목을 붙들고, 다른 한 손으로는 그녀의 가는 허리를 감쌌다.

"대박."

"진도가 너무 빠르신데?"

"우리 단장님, 역시 상남자야."

그에 대한 단원들의 평가가 지척에서 말하듯 백작의 귀로 들려왔다. 예전이라면 매서운 시선으로 녀석들을 쫓아냈겠지만, 지금 그의 곁에는 이베트가 있었다. 그리고 그녀의 손과 허리를 자신이 붙잡고 있었다.

흡사 불에 데기라도 한 듯 이베트와 닿은 부분이 삽시간에 뜨거워졌다. 그래서 한 박자 늦게 묻고 말았다.

"…괜찮습니까?"

"네, 백작님. 덕분에 넘어지지 않았어요. 고맙습니다."

이베트가 란데르트 백작을 올려다보며 반달 모양으로 웃었다.

그게 또 왜 그렇게 예뻐 보인단 말인가.

보고만 있어도 심장이 널뛰기를 하는데, 그녀가 웃으면 아무 생각도 들지 않았다. 그저 그녀를 바라보는 것만이 그가 할 수 있는 전부였다.

"감사해요."

"…무엇이 말입니까?"

"이름 지어 주신 거 말이에요."

"아."

어젯밤 그녀를 다시 온천에서 만났을 때, 백작은 겨우 이름을 물었다.

그녀가 오지 않으면 어쩌나 싶어 온종일 초조함과 싸워야만 했다. 하지만 그녀가 모습을 드러낸 순간, 모든 불안이 일시에 사라졌다. 이대로 시간이 멈춰도 좋겠다는 생각을 처음으로 해 보았다.

"이름이 없어요."

"…네?"

"사실 기억나는 게 하나도 없거든요."

갑작스러운 그녀의 고백이 아니었다면, 백작은 어제도

한심한 모습만 보이다 돌아왔을 것이다.

"깨어나 보니 이 마을 근처였어요. 그래서 촌장님께 신세를 지고 있고요."

"가족이라든가, 살던 곳이라든가, 전혀 생각나는 것이 없습니까?"

란데르트 백작은 말없이 고개를 주억거리는 그녀가 너무나 안타까워 가만히 두고 볼 수가 없었다. 그래서 저도 모르게 그녀를 품에 당겨 안았다.

"아마 전쟁 때문일 겁니다. 이 전쟁이 그대에게 이런 아픔을 주었군요."

그것이 자신의 탓도 아닌데 미안한 마음이 드는 것은 어째서일까.

"제가 찾겠습니다. 기억나는 것이 조금이라도 있다면 말해 주세요. 도움이 될 겁니다."

"백작님의 친절을 아무런 대가 없이 받아도 되는 건가요? 촌장님 말씀이 도움을 받았으면 값을 치르는 것이 예의라고 하셨거든요."

"…그 값이라는 게 어떤 것이었습니까?"

기억을 잃은 아리따운 젊은 여인을 곁에 두고 촌장은 무얼 한 걸까. 불유쾌한 추측이 백작의 머릿속을 넘나들며 그를 무섭게 자극했다.

"화나셨어요?"

백작의 감정 변화를 알아챈 그녀가 고개를 저으며 그의 가슴에 손을 얹었다.

"그러지 말아요. 백작님과 어울리지 않아요. 그래도 그 값을 치르면서 백작님을 만나게 된 걸요?"

"네?"

"온천탕에 가면 귀하신 분이 있을 거라고 했어요. 그분을 기쁘게 해 드리는 게 촌장님께서 원하시는 것이었어요."

"하아."

백작은 기가 막혀 헛숨이 새어 나왔다. 그러니까 아무것도 기억하지 못하는, 분명 고귀한 댁 여식이었을 게 분명한 여인에게 자신의 잠자리 시중을 들게 하려 한 것이다. 순진한 그녀는 그 안에 숨겨진 뜻도 미처 헤아리지 못한 채 시키는 대로 했을 뿐이고.

그녀를 이대로 이런 곳에 둘 수는 없었다.

"이베트. 앞으로 그대를 그리 부르고 싶은데, 마음에 듭니까?"

충동적으로 그녀에게 이름을 지어 주었다. 남들에겐 다 있는 것이 그녀에겐 없다는 게 그의 신경을 건드렸다.

"이베트…… 좋아요. 예쁜 섯 같아요."

작게 이름을 읊조리던 그녀가 백작과 눈을 맞추며 행복한 듯 미소 지었다.

"나와 같이 갑시다."

"백작님과요?"

"내 욕심인 건 알지만, 그대를 두고는 도저히 발길이 떨어지지 않을 것 같습니다. 나를 믿고 함께 가겠습니까?"

끄덕.

이베트는 망설이지 않았다. 어쩐지 이 눈앞의 사내라면 스스로가 누군지도 모르는 천치 같은 자신을 소중하게 대해 줄 것만 같았다.

3.

다음날, 날이 밝자마자 란데르트 백작은 마을에 수하 몇을 남기고 바로 영지로 떠났다. 백작이 그들에게 내린 명은 이베트의 가족을 찾으라는 것이었다.

이베트의 가문이 어떻게 전쟁에 휘말리고 그녀가 혼자가 된 것인지 알아내어 그녀가 더 이상 혼란하지 않기를 바랐다.

"괜찮습니까? 아프면 참지 말고 말해요. 성인 남자도 군

마를 오래 타는 것은 꽤 어려운 일이라서 말입니다."

작은 산골 마을에 마차가 있을 턱이 없었다. 어쩔 수 없이 백작은 자신의 애마 앞부분에 이베트를 태운 채 이동하고 있었다.

그러면서 틈틈이 그녀의 안위를 살폈다. 혹시 하체가 안장에 쓸려 따갑지는 않은지, 익숙지 않은 기마에 멀미가 나지는 않은지 시시때때로 묻고 확인했다.

그도 그럴 것이, 그녀의 허리는 부러질 것처럼 가늘었다. 란데르트 백작은 거기에서 제 손을 떼어 내면 당장이라도 소중한 그녀가 낙마를 할 것만 같은 두려움이 들었다.

축축하게 젖어 가는 손바닥이 신경을 거슬렸지만, 그녀의 안전이 먼저였기에 어쩔 도리가 없었다.

"땀이 나는군요."

아니나 다를까. 역시나 말에 오른 것이 힘들었는지 이베트의 이마에 송골송골 땀이 맺혀 있었다. 그것을 손수건으로 다정하게 닦아 주며 백작은 인상을 찌푸렸다.

"무리해서라도 마차를 준비했어야 했는데."

그 중얼거림에 근처에 있던 만월 기사단 몇 명이 기가 찬다는 듯 헛기침을 토해 냈다.

아무리 연애가 처음이라도 그렇지, 저건 너무하는 거 아니냐?

건장한 사내들 앞에서 저게 무슨 닭살 행위냐고!

누구는 밤마다 외로워서 허벅지를 쿡쿡 누르고 있건만, 우리 단장님 진짜 너무하시네!

물론 이 모든 건 속으로 하는 불평이었다. 필요하지 않은 말은 절대 입 밖으로 뱉지 않을 정도로 무뚝뚝한 단장이지만, 그 속내는 깊다는 걸 이미 다들 잘 알기 때문이다.

고강도의 훈련을 밥 먹듯이 시키는 악마 기질이 좀 있어서 그렇지, 결과만 놓고 생각해 보면 그로 인해 전쟁터에서 몇 번이나 위기를 모면할 수 있었다.

허튼 명령을 내리는 법이 없는 믿음직한 상관. 늘 선두에서 기사단을 이끄는 용맹한 사내가 바로 그들의 단장이었다. 그와 함께라면 지옥의 불구덩이 속으로도 함께 뛰어들 각오가 되어 있었다.

그렇게 단원들에겐 멋지고 우러러볼 수밖에 없던 단장이 사랑에 눈이 멀어 평소 하지도 않던 행동을 해 대니, 아무렇지도 않게 받아들인다면 그게 외려 더 이상할 것이다.

"단장님 안 본 눈 삽니다."

"앞으로 저쪽으로는 눈길도 돌리지 않을 거야."

"나는 나를 조금 더 소중하게 대하기로 했어."

백작과의 거리가 십여 미터 이상 벌어졌을 때, 단원들은 약속이라도 한 듯 다짐을 털어놓았다.

4.

제법 큰 도시에 도착해 겨우 마차를 한 대 구입했다. 이베트는 한사코 괜찮다며 거절했지만, 백작은 그간 다른 의미로 꽤 심난한 시간을 보냈다.

의식적으로 그녀에게 닿지 않기 위해 노력했지만, 고르지 못한 땅은 늘 그에게 위기를 선사했고, 그때마다 백작은 자기 자신과 싸움을 해야만 했다.

그런 백작의 고충(?)과는 별개로, 이베트는 말 등에서 긴 시간을 보낸 것치고 대단히 멀쩡했다. 그저 몸이 조금 욱신거릴 뿐이라며 말을 타는 걸 굉장히 쉽게 생각했다.

란데르트 백작은 그런 그녀를 보며 기억을 잃기 전에 승마를 좋아했었던 게 아닐까 하고 홀로 추측했다.

"오랜만에 도시에 들렀으니 방을 빌려 머무를까 합니다. 전쟁터와는 제법 거리가 있는 안전한 지역이니 마음 편히 쉴 수 있을 겁니다."

오 층짜리 건물을 통째로 빌렸지만, 그럼에도 일반 병사들과 치료사, 하인 등이 전부 사용할 만한 크기는 아니었다. 해서 숙소의 바로 옆에 있는 또 다른 여관에 남은 사람들을 묵게 하기로 했다.

"저는 늘 안전했는걸요."

"……?"

"백작님께서 함께 계시잖아요. 무섭지 않았어요."

이베트의 방은 맨 꼭대기 층에서 가장 끝 방이었다. 그곳까지 그녀를 에스코트하던 백작은 예상치 못한 그녀의 고백에 주책없이 가슴이 설레었다.

어쩌자고 그녀만 보면 이토록 심장이 방방 뛰는 것인가. 가끔은 병에 걸린 것이 아닌가 착각마저 일었다.

"…일 층 홀에 저녁 식사가 마련될 겁니다. 목욕물과 갈아입을 옷을 들여보낼 테니, 편히 쉬었다가 내려오십시오."

"옷이요?"

"네. 지금 입고 계신 옷은 세탁해 두라고 지시하겠습니다. 그럼 이만."

더 있다가는 그녀를 안은 채 방 안으로 쳐들어갈 것만 같았다. 란데르트 백작은 가까스로 정신을 차리며 황급히 그녀에게서 멀어졌다.

저녁 식사는 일찍부터 차려졌다. 강행군을 한 기사단과

병사들에게 오늘만은 마음껏 먹고 마시라는 백작의 명이 떨어졌다.

만일을 대비해 몇 명은 보초를 서야만 했지만, 그건 군인이라면 받아들여야 하는 숙명이었다.

일 층 홀이 와자지껄 군병들이 떠드는 소리로 소란하기가 이를 데 없었다.

이가 깨질 듯한 딱딱한 육포에 건더기도 없는 허연 수프만 먹다가 기름이 잘잘 흐르는 고기를 입에 넣고 있으려니 마치 세상을 다 가진 듯한 기분이었다.

포도주가 짝으로 테이블마다 놓였고, 주거니 받거니 술잔들이 수도 없이 오고 갔다. 흥에 취한 누군가가 유리컵에 숟가락을 꽂은 채 돼지 멱따는 소리로 노래를 부르기 시작했다.

"진짜 못 들어 주겠다!"

"앉아서 술이나 처마셔!"

"남의 귓구멍 생각도 해 줘야지!"

야유가 쏟아졌지만 사내는 꿋꿋했다. 끝내 그 용기가 대단하다며 누군가 손뼉을 쳤고, 노래하던 사내는 허리를 깊게 숙이며 감사의 뜻을 표했다.

그렇게 시끌시끌하던 홀에 돌연 적막이 내려앉은 것은 그때였다.

"허헉!"

"이, 이베트 영애께서……!"

따뜻한 물로 목욕을 마친 뒤, 은은하게 빛나는 푸른색 새틴 드레스를 갖춰 입고 이제 막 홀로 내려온 이베트는 그야말로 숨이 멎을 정도로 아름다웠다.

그녀의 미모가 뛰어나다는 것은 다들 알고 있었던 사실이지만, 제대로 꾸미자 정말이지 영락없는 귀족가의 여식이었다.

함부로 다가갈 수 없는 고귀함과, 그럼에도 쏠리는 시선마다 자애롭게 맞아 주는 그녀의 따뜻한 눈빛이 마치 각인이라도 되듯 병사들의 마음에 새겨졌다.

"내가 실수를 했군."

어느새 란데르트 백작이 그녀에게로 다가왔다.

"실수요?"

이베트의 손을 맞잡고 자신의 옆자리로 데려가는 백작의 가슴 속에 어느덧 전에 없던 소유욕이 불현듯 고개를 드밀었다.

이베트를 그 누구와도 나누고 싶지 않다는 유치한 감정이 솟아난 것이다. 그녀를 온전히 제 품에 두고 혼자만 보고 싶었다.

'역시 미친 게 틀림없구나.'

여인에게 이런 음심을 품었다는 것 자체가 백작 자신에게도 충격이었다.

"백작님?"

그가 말이 없자 이베트가 무슨 일이냐는 듯 걱정하며 바라봤다. 그녀의 깊고 맑은 눈빛 때문이었을까. 백작은 저도 모르게 솔직하게 말했다.

"그대가 너무 아름다워서 나만 보고 싶다는 생각을 했습니다."

"아."

이베트는 놀랐는지 살짝 입을 벌린 채 말을 잇지 못했다. 그런 그녀의 두 귀가 어느 틈엔가 불그스름하게 달아올랐다. 그것마저 백작의 눈에는 어여쁘게만 보였다.

"특별히 좋아하는 음식은 있습니까?"

그가 의자를 내어 주자 이베트가 수줍게 웃으며 자리에 앉았다. 그들이 앉은 곳은 홀에서도 가장 상석으로, 푸짐한 상차림이 차려져 있었다.

"특별히 가리는 음식은 없어요. 백작님은 어떤 걸 좋아하세요?"

"나도 마찬가지입니다."

란데르트 백작은 다정하게 대꾸하며 그녀의 잔에 붉은 쏘노수를 따랐다.

"식전에 가볍게 한 잔을 하면 식욕을 돋워 줄 겁니다."

"네, 감사해요."

이베트는 조심스럽게 입을 가져가 포도주를 한 모금 들이켰다. 그런 그녀의 예쁜 눈동자가 동그랗게 떠졌다.

"맛있네요."

"그렇습니까?"

"네. 이런 건 한 번도 먹어 본 적 없거든요."

하기야, 그녀를 발견했던 산골 마을에서 귀한 포도주가 있을 리 만무했다. 기껏해야 싸구려 곡물로 담근 곡주 정도가 전부였을 것이다.

"한 잔 더 주세요."

어느새 포도주를 싹 비운 이베트가 컵을 내밀었다. 두 잔 정도는 괜찮겠거니 생각하며 백작은 말없이 포도주를 따랐다.

"이제 음식도 좀 맛보십시오."

그러곤 손수 그녀의 접시에 음식을 놓아주었다. 주위에서 불퉁한 표정이 연이어 이어졌지만, 정신이 모두 이베트에게 팔린 백작이기에 다행히 그 하극상 아닌 하극상을 눈치채지는 못했다.

이베트는 예상을 깨고 먹는 양이 상당했다. 한 줌도 안 될 것 같은 마른 몸속으로 놀라우리만치 많은 음식이 들어

갔다.

특히나 포도주를 마치 물처럼 마셔 댔다. 그럼에도 살짝 얼굴이 붉어졌을 뿐, 큰 변화는 없었다. 그녀는 그런 상태로 백작이 아닌 다른 이들과 잘도 말을 섞고 대화를 나누었다.

그러니까 그게 문제라면 문제였다.

이베트를 사랑스럽다는 듯 바라보는 놈들의 눈빛을 발견할 때마다 백작은 피가 거꾸로 솟는 듯한 느낌이었다.

오직 자신만이 보았으면 했던 마음이 이제는 감당이 안 될 정도였다. 이대로 계속 두었다가는 그녀를 억지로 끌고 위층으로 데려갈지도 모를 일이었다.

"그만."

란데르트 백작의 입에서 별안간 서늘한 말투가 튀어나왔다. 그리 크지 않은 목소리였지만, 언제나 좌중을 압도하는 그였다. 삽시간에 홀 전체가 쥐 죽은 듯이 고요해졌다.

"오늘 만찬은 이만 파하지."

뭐라고요?

단장님, 지금 제정신이십니까?

이제 막 물이 오르던 참이라고요!

오늘만은 실컷 놀게 해 주신다고 하셨잖아요!

원망의 눈초리가 미친 듯이 쏟아졌지만 란데르트 백작은 꿈쩍하지 않았다. 그저 엄한 눈길로 수하들의 면면을 살필 뿐이었다.

그 살벌한 행위에 그제야 포기하고 만월 기사단과 병사들이 주섬주섬 몸을 일으켜 저마다의 숙소로 향했다.

어느 순간 홀에 남은 것은 백작과 이베트, 단둘뿐이었다.

"저…… 우리도 올라갈까요?"

백작의 화가 난 듯한 태도에 눈치만 보고 있던 이베트가 조심스럽게 말을 걸었다. 그제야 백작이 고개를 돌리며 그녀를 지그시 응시했다.

"아무래도 내가 당신을 좋아하는 것 같습니다."

예고도 없이 훅 들어오는 고백에 이베트는 숨을 헉 들이마셨다. 기억나지 않는 것투성이지만, 누군가를 좋아한다는 게 어떤 의미인지는 그녀도 충분히 알고 있었다.

"당장 대답을 바라는 건 아닙니다. 단지, 그냥 미리 말해 두는 게 좋을 것 같아서……."

"저도 백작님이…… 아니, 바세리스가 좋아요."

줄곧 백작님이라 불러 왔던 이베트다. 예기치 못한 순간에 그녀의 입에서 흘러나온 자신의 이름을 듣게 되자 백작은 황망한 기분이 되었다.

"…네?"

"좋아한다는 건 그 사람이 특별하게 느껴진다는 거죠?"

"그것도 그렇지만, 상대를 귀히 여기고 싶은 마음을 뜻하기도 합니다."

"바세리스는 저를 처음 만난 순간부터 귀히 대해 주셨어요. 저도…… 바세리스를 그리 여기고 싶어요."

이베트가 그 어느 때보다 환하게 미소 지으며 백작과 같은 마음임을 고백했다.

그녀를 만난 지 고작 열흘밖에 되지 않았다.

하지만 백작에게 시간 따위는 중요하지 않았다.

이 여인만이 자신의 평생 반려가 될 것임을 그는 이미 확신하고 있었다. 그녀를 알게 된 이상, 다른 사람은 생각조차 할 수 없었다.

〈다음 권에 계속〉

ETAN
이탄

ORIGINAL FANTASY STORY & ADVENTURE

쥬논 판타지 장편소설

〈흡혈왕 바하문트〉, 〈샤피로〉, 〈하라간〉을 잇는
쥬논의 사대신수 시리즈, 그 마지막 이야기!

혹독한 훈련을 받고 가문을 위한 희생양으로서
다른 차원으로 보내진 이탄.
듀라한으로 다시 태어난 그는 신관이 되어
본래 세계로 돌아갈 방법을 찾기 시작한다.

dream
books
드림북스

『제왕록』, 『무림에 가다』 시리즈의 작가 박정수
그가 거침없는 현대 판타지로 돌아왔다!

『신화의 전장』

주먹을 믿지 마라.
우리가 살아가는 이 땅에 인간을 벗어난 자들이 존재한다.

環生王
환생왕

ORIENTAL FANTASY STORY & ADVENTURE

요 도/김남재 신무협 장편소설

정체를 알 수 없는 세력들에 의해
비참한 최후를 맞이한
천룡성(天龍城)의 후계자 천무진.
그런 그에게 찾아온 또 한 번의 삶.
그리고 그를 돕기 위해 나타난 여인 백아린.

"이번엔…… 당하지 않는다."

**이젠 되돌려 줄 차례다.
새로운 용이 강호를 뒤흔든다!**

dream books
드림북스